Jules Verne

Le beau
Danube jaune

*Préface et notes
d'Olivier Dumas*

Gallimard

Cette édition du *Beau Danube jaune* a été revue et corrigée
en concordance avec les directives de la Société Jules Verne. Par
respect du manuscrit original, la graphie des divers toponymes
a été conservée.

Né en 1828 à Nantes, le jeune Jules Verne arriva à Paris en novembre 1848 pour faire son droit. Mais l'attrait de la gloire et du théâtre eut raison des ambitions de son père pour lui. Il se lia avec Alexandre Dumas et écrivit plusieurs pièces, dont *Les Pailles rompues* que Dumas monta en 1850. Succès relatif... Passionné par les progrès de la science et ami de l'explorateur Jacques Arago, il rêve d'écrire un « Roman de la science ». Jeune marié, il décide de devenir agent de change pour gagner sa vie, tout en continuant à publier des nouvelles, des pièces et des opérettes. En 1863, l'éditeur Hetzel est séduit par le manuscrit de *Cinq semaines en ballon* et s'attache Jules Verne pour vingt ans à raison de deux livres par an ou bien quarante volumes en un temps plus court ! *Cinq semaines en ballon* est aussitôt un succès européen et les romans se succèdent rapidement : *Voyage au centre de la Terre* (1864), *De la Terre à la Lune* (1865), *Les enfants du capitaine Grant* (1867-1868), *Vingt mille lieues sous les mers* (1870), *Le tour du monde en quatre-vingts jours* (1873), etc... Ce roman, ainsi que *Michel Strogoff*, fit la fortune de Jules Verne. Après de nombreux voyages, il s'installa à Amiens, pays de sa femme, où il mourut en mars 1905.

Pêche dans les eaux
du *Beau Danube jaune*

Rappelons d'abord — j'en demande pardon au lecteur averti — le sort subi par les cinq romans laissés par Jules Verne après sa mort en 1905 (*Le volcan d'or, Le secret de Wilhelm Storitz, En Magellanie*[1] *Le beau Danube jaune et La chasse au météore*) : leur texte, rapidement dactylographié, est remis à l'éditeur Jules Hetzel. À partir de cette frappe, le fils de l'écrivain, Michel Verne, à la demande de l'éditeur, « corrige » et modifie toutes les œuvres pour les rendre plus « commerciales » avant de les faire paraître, parfois sous un autre titre et sans mention de sa collaboration.

Retrouvées chez les descendants de l'éditeur, les dactylographies de 1905 permettent d'apprécier les altérations subies, changements confirmés à l'examen des manuscrits originaux.

---

1. Ces trois romans ont déjà paru aux Éditions de l'Archipel : *Le volcan d'or* (1995), *Le secret de Wilhelm Storitz* (1996) et *En Magellanie* (1998). Ils sont également disponibles dans la collection Folio (Éditions Gallimard), respectivement nᵒˢ 3203, nᵒ 3202 et nᵒ 3201.

Piero Gondolo della Riva, l'actuel et seul propriétaire des frappes anciennes, révèle dès 1978[1] le destin des œuvres posthumes de Jules Verne et dénonce le rôle joué par Michel Verne et Jules Hetzel dans ces transformations.

La Société Jules Verne, soucieuse de faire lire le texte authentique de Jules Verne, a publié, de 1985 à 1989, les romans posthumes dans leur version d'origine, confiée par Piero Gondolo della Riva. Ces parutions, en tirage limité et vite épuisées, s'offrent aujourd'hui au grand public.

On comprend que des romans comme *Le secret de Wilhelm Storitz*, *En Magellanie* et même *La chasse au météore* aient été jugés différents de la norme habituelle. En revanche, pourquoi vouloir modifier *Le volcan d'or* et *Le beau Danube jaune*, récits géographiques dans la lignée des précédents *Voyages extraordinaires*? Après l'Orénoque et l'Amazone, pourquoi pas le Danube, le plus grand et le plus puissant fleuve d'Europe?

Bleu selon Johann Strauss, jaune selon Jules Verne, le Danube peut enfin couler dans la couleur choisie par l'auteur du *Beau Danube jaune*. Michel Verne utilisera le roman de son père pour écrire — sans doute pour son plaisir personnel —

---

1. Piero Gondolo della Riva, «À propos du manuscrit de *Storitz*», *BSJV*, n° 46, 2ᵉ tr. 1978, p. 160-163. Voir également : «A propos des œuvres posthumes de Jules Verne », *Europe*, nov.-déc. 1978, p. 73-82.

une œuvre très différente, un sombre roman policier, sous le titre *Le pilote du Danube*. Aussi, pour apprécier *Le beau Danube jaune*, faut-il oublier le précédent *Pilote du Danube* et le lire comme un ouvrage inédit, dans le registre ironique. Verne aimait ainsi alterner des romans sérieux et légers.

Date de création

La date de 1880, attribuée par Hetzel à la rédaction du *Beau Danube jaune*, provient de sa justification auprès de son avocat, pour le changement du titre :

> « Le roman [...] avait été écrit, en premier jet, mais en entier, suivant la méthode de l'auteur, vers l'année 1880. Cette date indique que c'était comme une réminiscence de la valse célèbre *Le beau Danube bleu*, de Strauss, qui faisait fureur à cette époque, d'où des plaisanteries de Jules Verne qui, lorsqu'il entretenait Hetzel père et fils, disait volontiers que le Danube était certainement beau, mais que, roulant beaucoup de terres d'alluvions, il ne pouvait avoir cette couleur. Plus tard, lorsqu'il s'est agi [en 1908] de publier cette œuvre inédite, le titre était devenu quelque peu vieillot [1]. »

1. Note d'Hetzel à Mr Droz, le 23 décembre 1911, citée par P. Gondolo della Riva, « L'affaire *Pilote du Danube* », *BSJV*, n° 44, p. 99-102.

Mais, à l'examen du manuscrit du roman, l'écriture est semblable à celle des derniers romans, composés beaucoup plus tard, après 1897[1]. En revanche, l'écriture des œuvres des années 1880 diffère nettement, avec des lettres plus petites, fermes et rondes. La récente découverte de la page où Jules Verne notait les dates de composition de ses derniers romans lève tout doute et donne avec certitude 1901 pour la création du *Beau Danube jaune*[2].

J. Hetzel trompe avec aplomb son avocat : Hetzel père, mort en 1886, quinze ans plus tôt, ne pouvait pas contester le titre du roman en 1901, pas plus que son fils, car l'éditeur ne reçut le texte du *Beau Danube jaune* qu'en 1905, après la mort de Jules Verne.

Le manuscrit de Jules Verne

Le texte du *Beau Danube jaune* souffre d'un manque de révision auquel nous avons tâché de remédier. Jules Verne écrit souvent par à-coups et oublie parfois à la reprise de son écriture les dates et les épisodes précédents. Plutôt que de vérifier sans cesse, il ajoute à chaque hésitation des « (?) » pour attirer son attention lors de la

1. On retrouve la même écriture dans tous les romans de cette période, d'*En Magellanie* (1898) à *La chasse au météore* (1901).
2. Écrit du 1er janvier au 29 mars 1901.

correction. D'autre part, les précisions ignorées, telles que distances, nombre d'habitants, etc., sont laissées en blanc pour être complétées plus tard.

Nous supprimons tous les « (?) » : soit le doute de l'auteur ne se justifie pas et l'indication est exacte, soit l'erreur est évidente et nous la réparons, par exemple quand Verne indique « quarante-huit heures (?) » au lieu de « vingt-quatre heures », faute qu'il aurait corrigée. En revanche, les blancs du texte sont respectés et signalés par le signe conventionnel « (...) ». Parfois manque involontairement un mot. Nous le remplaçons, mais en le mettant entre parenthèses pour signaler son absence initiale.

Seules les fautes d'orthographe sont corrigées, comme nous l'avons déjà fait pour tous les autres romans posthumes publiés.

Les sources

Comme pour *En Magellanie,* les sources du *Beau Danube jaune* se trouvent dans la revue *Le tour du Monde* : Victor Duruy, historien et homme politique, y relate, dans les années 1861 et 1862, son voyage, effectué en 1860, « De Paris à Bucharest », illustré par D. Lancelot. Duruy étant empêché par ses nouvelles fonctions de ministre de l'Instruction publique de poursuivre ce voyage, la revue confie à son illustrateur, le peintre Lancelot, le soin de terminer à sa place le récit, qui reprend en 1865 et 1866.

Toutes les descriptions touristiques du roman vernien proviennent de la relation de voyage de Duruy-Lancelot, que le romancier adapte à sa fantaisie. Sans multiplier les exemples, je citerai chez les deux auteurs les descriptions de Pest et de Belgrade.

Lancelot décrit l'arrivée à Bude et à Pesth [1] :

> «À droite, Bude, l'ancienne ville turque [...] ; à notre gauche, un large quai bordé de maisons blanches à hautes arcades, à pilastres et à colonnes, qui supportent de grands entablements et des toits en terrasse, et forment une perspective sévère, interrompue seulement par les campaniles de deux ou trois églises qui se profilent hardiment en pleine lumière [...]. Nous sommes à Pesth [2]. »

Verne n'en garde que quelques touches :

> «à droite, est Buda, l'ancienne ville turque, et à gauche, la capitale hongroise. [...] S'il eût été moins absorbé par le spectacle enchanteur que présentaient ces deux villes, leurs maisons à arcades, à terrasses, disposées en bordure des

1. Les deux villes Bude (ou Buda) et Pesth — selon l'orthographe de Lancelot — ne seront réunies qu'en 1873 en Budapest.
2. Lancelot, «De Paris à Bucharest», *Le tour du Monde*, 1er sem. 1865, p. 34.

quais, les clochers des églises que le soleil à cinq heures du soir dorait de ses derniers feux ; [...] peut-être aurait-il fait cette observation [1]... »

À l'arrivée à Belgrade, Lancelot observe sur une colline

« la ville qui étalait en amphithéâtre adouci ses maisons à l'européenne que surmonte le clocher d'une église. Au sommet, [...] des jardins et une mosquée surmontée de deux minarets à pointes aiguës. À gauche, le sol redescendait assez rapidement portant comme une seconde ville cachée par des arbres fruitiers au milieu desquels s'élançaient de grands cyprès isolés [2]. »

Quant à Ilia Krusch, il voit

« apparaître une cité disposée en amphithéâtre sur une colline, avec ses maisons à l'européenne, ses clochers auxquels le soleil mettait une aigrette de flamme, et les deux minarets d'une mosquée, qui ne jurait pas trop dans le voisinage des églises. Un peu sur la gauche, au milieu d'une corbeille d'arbres fruitiers d'où s'élançaient des cyprès de haute taille, il y avait apparence d'une seconde ville plus moderne [3]. »

Toutes les descriptions des rives danubiennes — tant dans
Le beau Danube jaune que dans *Storitz* pendant

1. Chap. x.
2. Lancelot, *op. cit.*, p. 65.
3. Chap. xii.

le voyage à bord du *Mathias-Corvin* — reprennent celles de Lancelot. Celui-ci relate le deuil porté par les habitants de Pesth pour la mort du comte Téléki qui donnera son nom au boulevard de Ragz où se trouvent les maisons du docteur Roderich et de Wilhelm Storitz.

Sur la « Carte du bassin oriental du Danube[1] » figure bel et bien la ville de Racz, sur les rives de la Theiss. L'écrivain précise, à plusieurs reprises dans *Le beau Danube jaune,* que le pêcheur Ilia Krusch est natif de Racz Becse. Dans *Storitz,* Racz devient Ragz et se déplace sur le Danube, après Vukovar. Reste à expliquer pourquoi, dans ses œuvres danubiennes, Verne choisit de glorifier cette petite ville inconnue — que certains croyaient même imaginaire — dont Lancelot ne parle pas.

Le thème de l'œuvre

Le beau Danube jaune raconte simplement un voyage en barque sur le Danube, de sa source à son embouchure, thème déjà décrit dans *Storitz,* où Henry Vidal descend le même fleuve de Vienne à Ragz à bord du dampfschiff.

Le beau Danube jaune, conçu comme une paisible promenade fluviale, décrit avec complai-

1. Lancelot, *op. cit.*, p. 71.

sance les diverses curiosités touristiques rencontrées en route. La qualité de maître pêcheur de l'ancien pilote du Danube, Ilia Krusch, permet d'exposer avec bonheur et humour toutes les finesses de ce noble sport. Le roman prend parfois l'apparence d'un manuel de pêche à la ligne. Bien entendu, le sérieux n'est qu'une façade ; quand l'auteur déclare que la ligne du pêcheur « est un instrument qui a quelquefois une bête à son extrémité et toujours une bête à l'autre », il le pense sans doute, tout en affirmant le contraire. On le devine à l'aspect benêt, mais sympathique, de son héros, le brave Krusch, dont le nom se lit facilement « cruche ».

L'adjonction d'un trafic de contrebande pimente l'action. Le pêcheur affable, d'une grande droiture, ne soupçonne jamais son compagnon de bord, M. Jaeger, d'être le policier Karl Dragoch, chargé de découvrir le responsable de ces actions illégales, le bandit Latzko.

Déclaré coupable sur des suppositions, le brave Krusch se retrouve emprisonné. « L'affaire Krusch » commence ! Un innocent serait déclaré coupable ! Des partis se forment, des Kruschistes et des Antikruschistes. Pour le lecteur de l'époque — le livre est écrit en 1901 —, comment, à l'évidence, ne pas penser à l'innocent Dreyfus et aux dreyfusards et antidreyfusards ? D'autant plus que l'opinion publique change devant l'accumulation des faits contradictoires. En 1900, la grâce de Dreyfus a été signée le 19 septembre et, le 14 décembre, une amnistie générale est votée. Enfin, après son terrible «J'accuse» en 1898, Zola publie, le 16 février 1901, *La vérité en marche*. Cette «affaire Krusch» témoigne, certes avec discrétion, de l'évolution des sentiments de Verne envers le capitaine Dreyfus [1].

Jules Verne — dont le diabète aggrave la polyphagie — manifeste dans *Le beau Danube jaune* l'importance qu'il accorde aux boissons et aux mets [2]. Le roman débute par une pantagruélique orgie à la bière et aux liqueurs, complaisamment décrite, au son des hochs et des hoquets. Les deux héros ne se refusent pas chaque matin un petit coup d'eau-de-vie, un verre de bon vin à l'occasion. Quand Ilia Krusch fait des courses en ville, il achète — pour améliorer l'ordinaire, plutôt poissonneux — des tripes et même des escargots (chap. IV), sans oublier naturellement de fumer une bonne pipe, comme l'auteur l'aimait également.

1. Sur Jules Verne et l'affaire Dreyfus, voir Christian Porcq, «Cataclysme dans la cathédrale ou le secret des *Frères Kip*», *BSJV*, n° 107, p. 35 et 109, p. 36.
2. Voir Christian Chelebourg, «Le texte et la table dans l'œuvre de Jules Verne», *BSJV*, n° 80, p. 8-12.

Les transformations de Michel Verne

Michel Verne n'apprécie pas du tout la bonhomie paisible et souriante de l'œuvre de son père. D'un roman léger et ironique, il fera une sombre aventure policière, sans humour. On comprend dès lors que Jean Jules-Verne n'y retrouve plus « la bonne humeur railleuse » de son grand-père[1]. Or, justement, cette raillerie est la caractéristique principale du *Beau Danube jaune*.

Michel Verne amplifie considérablement la partie policière initiale de l'œuvre, au détriment des descriptions touristiques, des exploits de pêche et des fantaisies gastronomiques des deux compagnons, Krusch et Jaeger. Dans *Le pilote du Danube* — nouveau titre de Michel Verne —, la simple contrebande devient meurtres, rapines et trafic d'armes. Ilia Krusch se nomme Brusch, rajeunit, prend la place du bandit, d'emblée suspect en portant de ridicules lunettes noires pour cacher ses yeux bleus : déguisement et maquillage, à l'image des récents exploits d'Arsène Lupin et autres personnages des romans policiers de l'époque[2].

Décidément, si déjà *En Magellanie* différait nettement des *Naufragés du « Jonathan »*, les deux

1. Jean Jules-Verne, *Jules Verne*, Hachette Littérature, 1973, p. 354.
2. Conan Doyle n'a pas été traduit en français avant 1905 et les premières aventures d'Arsène Lupin datent de la même année.

Danube du père et du fils n'ont plus en commun que le début et le lieu de l'action. Ce ne sont plus quelques variantes à relever, mais une œuvre initiale inédite, entièrement refondue par Michel Verne, avec nouveaux personnages, changement complet des caractères — l'innocent devient coupable! —, douze chapitres différents sur seize, suppression de l'humour, climat d'intrigues et de suspicion!

L'une des modifications de Michel Verne faillit d'ailleurs lui coûter cher, puisqu'il n'échappe que de justesse à un procès en diffamation. Piero Gondolo della Riva rapporte en 1977 cette affaire judiciaire, ouvrant la voie à la découverte des changements dans les manuscrits posthumes[1].

Michel Verne donne maladroitement (c'est le moins que l'on puisse dire) à un bandit de son invention le nom véridique d'un Hongrois, Jackel Semo, rencontré au cours de son voyage à Belgrade. Ce dernier n'apprécie pas du tout cette qualification de malhonnêteté et devine — avec raison que l'œuvre parue (en 1908) n'est pas de la main de Jules Verne, comme l'écrit à Hetzel son avocat :

> « L'ouvrage paraît ainsi être l'œuvre du fils qui a connu personnellement Monsieur Jackel Semo et non celle de Jules Verne lui-même[2]. »

---

1. Piero Gondolo della Riva, *art. cit.*, *BSJV*, n° 44, 4ᵉ tr. 1977.
2. *Ibid.*, p. 100.

Plutôt que d'étaler au grand jour toutes ces malversations, Hetzel corrige au plus vite l'édition fautive, remplace Jackel Semo par Yacoub Ogul et obtient l'étouffement de l'affaire. Détail étonnant, les avocats des deux parties deviendront célèbres : René Cassin, défenseur de Jackel Semo, sera l'illustre rédacteur de la Déclaration des droits de l'homme, prix Nobel de la Paix, et Raymond Poincaré, défenseur de Michel Verne, grand orateur politique, deviendra président de la République.

L'humour

Cette œuvre tardive et sans prétention n'a pas la puissance créative des romans de la maturité ; elle appartient aux histoires simples, souvent humoristiques, qu'il ne convient pas, pour autant, de mépriser, comme on a tendance à le faire ; car peut-être Verne est-il plus vrai, plus vivant et plus moderne dans ces romans légers et ironiques, parfois d'excellente qualité littéraire, comme *Le rayon vert* ou *Une ville flottante*.

Philippe Lanthony distingue deux sources d'humour dans *Le beau Danube jaune*[1] : « l'apo-

---

1. Cité par Olivier Dumas, « Un roman ironique inédit, *Le beau Danube jaune* », *BSJV*, n° 84, p. 4-5.

théose de la pêche à la ligne » et le naïf personnage d'Ilia Krusch « qui ne comprend rien à rien » du début à la fin, mais incarne, en digne lauréat de la Ligne danubienne, toute la sagesse du vrai pêcheur à la ligne. Cet homme simple et bon suscite la sympathie. Pour Philippe Lanthony, « ce Hongrois échappé de Quiquendone est une des plus comiques personnalités qu'ait inventées la plume ironique de Jules Verne », qui peut conclure en souriant ce roman à la gloire du pêcheur :

> « Et après ce récit, qui oserait plaisanter cet homme sage, prudent, philosophe qu'est en tout temps et en tout pays le pêcheur à la ligne[1] ? »

Symbolique du Danube jaune

Tous ces fleuves descendus dans les dernières œuvres ne sont pas sans signification. À l'exception de *La chasse au météore* — où pourtant la ville est « baignée des eaux claires du Potomac » —, dans tous les romans posthumes coulent des fleuves : le canal du Beagle, autre Styx, dans *En Magellanie* ; le Danube dans *Storitz* ; les rivières, les lacs et le Yukon dans *Le volcan d'or* ; et enfin, dans *Le beau Danube*

---

1. Chap. XVI.

jaune, la descente complète du Danube, de sa source à son embouchure. Bouche terminale, Kilia, qui donne son prénom au héros : Ilia K. de K/ilia.

Fleuves, symboles de la vie qui, dans le cas du Danube, aboutit à la mer Noire, couleur de mort.

Pendant cette descente, un spectateur, un «voyeur», dévore des yeux le spectacle. Ce personnage passif, M. Jaeger, n'est-il pas l'écrivain lui-même qui, avant sa mort, accumule ces dernières visions, en «chasseur d'images» (*Jaeger*, «chasseur» en allemand) ? Le brave Krusch, lucide pour une fois, soupçonne l'observateur Jaeger de cette activité littéraire :

> «M. Jaeger ne s'ennuyait pas un instant. Il s'intéressait de plus en plus à ce qu'il voyait, surtout en ce qui concernait la navigation fluviale. Ilia Krusch se demandait même s'il ne préparait pas quelque travail sur ce sujet, où seraient traitées toutes les questions relatives à la batellerie [...], et n'était-ce pas, en somme, le but de son voyage ?...
> Et, comme Ilia Krusch le pressentait à cet égard :
> "Il y a quelque chose comme cela", répondit-il en souriant [1]. »

---

1. Chap. XIV.

Et, à la légitime inquiétude de l'auteur sur une éventuelle lassitude du lecteur, M. Jaeger[1] répond avec bonhomie et justesse, car le sympathique Krusch mérite d'être accompagné pendant son voyage :

« [...] J'aime à penser que je n'aurai pas perdu mon temps.

— Alors, il ne vous paraît pas trop long ?

— Oh, monsieur Krusch, en votre compagnie... en votre compagnie !...[2] »

Après l'Amazone et l'Orénoque, cette paisible descente du Danube permet à l'auteur de contempler les beaux paysages hongrois, de boire et de fumer sa pipe dans la barque du plus calme de ses personnages, ouvert à l'amitié, sans

---

1. Dans *Le pilote du Danube* — la version de Michel Verne —, Karl Dragoch, alias M. Jaeger, est jugé ridicule et odieux par Francis Lacassin (préface du *Pilote du Danube*, 10/18, p. 15). Or, dans *Le beau Danube jaune*, ses qualités d'observateur, son courage, son amitié pour Krusch, en font un sympathique et efficace policier. On ne peut donc plus dire que « le policier, vu par Verne, est (toujours) odieux, sinon ridicule », sans en rendre seul responsable Michel Verne, pour les romans posthumes s'entend. Lancelot raconte (*art. cit.*, p. 79) qu'en un endroit du fleuve, « les rochers sont crevassés de larges cavernes [...]. L'une de ces cavernes est célèbre dans les contes populaires. C'est là, dit-on, que saint George [sic], vainqueur du fameux dragon, abandonna le corps du monstre. » Verne s'inspire de cette légende (qu'il cite au chapitre XIII) pour donner le nom du dragon à son policier — d'abord Dragonof (DRAGONof), puis Dragoch (DRAGOch) — et celui de Georges à son pseudonyme : GEoRGE/JEaGER, anagramme à une lettre près, allusion également à J. Verne : JaEgER/JvERnE.

2. Chap. XIV.

arrière-pensées ou ambitions, enfin, un parfait honnête homme, un philosophe voltairien, comme Jules Verne se plaît à en décrire, frère du digne juge Proth de *La chasse au météore*, et avec lequel je vous souhaite, à votre tour, un bon voyage sur les eaux du *Beau Danube jaune*.

Olivier Dumas
Président de la Société Jules Verne

I

Au concours
de Sigmaringen

Ce jour-là, — 25 avril — une vive animation
qui se traduisait par les chants, les hochs, les
applaudissements, et le choc des verres, rem-
plissait le cabaret à l'enseigne du *Rendez-vous des
Pêcheurs*.

Les fenêtres de ce cabaret s'ouvraient sur la
rive gauche du Danube à l'extrémité de la charmante petite ville de Sigmaringen, capitale de
l'enclave prussienne des Hohenzollern, située
presque à l'origine de ce grand fleuve de l'Europe centrale.

Ainsi que l'indiquait son enseigne, peinte en
belles lettres gothiques au-dessus de la porte d'entrée, c'est dans ledit cabaret que s'étaient réunis,
ce jour-là, les membres de la « Ligne danubienne[1] », société internationale de Pêcheurs,

1. À noter que, en raison d'une mauvaise lecture de la frappe,
Michel Verne conserve « Ligue » au lieu de « Ligne », pourtant plus
logique pour une association de pêcheurs qu'une union d'intérêts
politiques.

pour la plupart de nationalité allemande, autrichienne et hongroise. On y buvait de la bonne bière de Munich et du bon vin de Hongrie, à pleines chopes et à pleins verres. Et, pendant ces séances, la grande salle, sous le jet continu des longues pipes, disparaissait au milieu des volutes de fumée odorante. Si les sociétaires ne s'entrevoyaient même plus, ils s'entendaient de reste, et comment ne pas s'entendre à moins d'être sourds.

Il convient d'observer que si les pêcheurs à la ligne sont calmes, silencieux alors qu'ils fonctionnent, ce sont les gens les plus bruyants du monde en dehors de leurs fonctions, et lorsqu'il s'agit de raconter leurs hauts faits, ils valent les chasseurs, ce qui n'est pas peu dire.

On était à la fin d'un déjeuner des plus substantiels, qui avait rassemblé une centaine de convives autour de la table du cabaret. Tous des chevaliers de la ligne, des enragés de la flotte, des fanatiques de l'hameçon. Il y avait lieu d'admettre que leur gosier s'était singulièrement asséché pendant les exercices de cette belle matinée d'avril. Aussi nombre de bouteilles figuraient-elles au milieu de la desserte, ayant cédé la place aux diverses liqueurs qui accompagnaient le café, rack, tiré du riz fermenté, tafia des Indes orientales, ratafia, tiré du cassis, curaçao, eau-de-vie de Dantzig, genièvre, élixir de Garus, gouttes d'Hoffmann, kirschwasser, keetsch-wasser, korsoli de Turin, scubac, et même whisky extrait de l'orge d'Écosse, bien que la société ne comptât dans ses rangs aucun fils de la verte Érin [1].

Trois heures après midi sonnaient au *Rendez-vous des Pêcheurs*, lorsque les convives, de plus en plus montés en couleur, quittèrent la table. Quelques-uns titubaient et cherchaient appui sur leurs voisins. Mais le plus grand nombre, pour dire la vérité, se tenaient ferme sur leurs jambes. N'étaient-ils pas habitués à ces longues séances épulatoires, qui se renouvelaient plusieurs fois dans l'année, à propos des concours de la Ligne danubienne? Ces concours étaient très suivis, très fêtés, ayant grande et légitime réputation, réputation sur le haut cours autant que sur le bas cours du célèbre fleuve, jaune et non bleu comme le chante la fameuse valse de Strauss. Du duché de Bade, du Wurtemberg, de la Bavière, de l'Autriche, de la Hongrie, des provinces roumaines accouraient les concurrents, grâce au dévouement, à l'activité, au bon renom du président de la Ligne, le Hongrois Miclesco.

La Société comptait déjà cinq ans d'existence. Avec l'apport des souscripteurs, elle prospérait. Ses ressources, toujours croissantes, lui permettaient d'offrir des prix d'une certaine impor-

---

1. Lapsus ou plaisanterie, «la verte Érin» désigne l'Irlande et non l'Écosse.

tance dans ses concours. Elle luttait en outre, et non sans avantage, contre des associations rivales et sa bannière étincelait des médailles obtenues à chacune de ses victoires. Elle se tenait au courant de la législation en matière de pêche fluviale, soutenant ses droits aussi bien contre l'État que contre les particuliers, et, en tout pays, on le sait, chacun peut pêcher dans les fleuves, rivières, cours d'eau navigables, soit à la ligne flottante, soit à la ligne de fond. La Société possédait en plusieurs points sur le parcours du fleuve des étangs, des réserves sous la surveillance de ses gardes assermentés pour son compte. Enfin elle défendait ses privilèges avec cette ténacité, on pourrait dire cet entêtement professionnel, spécial à l'être humain que ses instincts de pêcheur à la ligne rendent digne d'être classé dans une catégorie particulière de l'humanité.

Le concours qui venait d'avoir lieu, ce jour-là, était le premier de cette année 186(...). Dès cinq heures du matin, les membres de la Ligne, au nombre d'une soixantaine, avaient quitté la ville pour gagner la rive gauche du Danube, un peu en aval.

Le temps était beau, assez chaud même, et il n'y avait pas eu à se prémunir contre la pluie. Les concurrents portaient l'uniforme de la Société, amples vêtements de laine que la toile remplaçait à l'époque des grandes chaleurs, la blouse courte laissant les mouvements faciles, le pantalon engagé dans les bottes à forte semelle, la casquette blanche à large visière, au besoin protégée par un (...) de même couleur. Ils étaient munis des divers engins, tels qu'ils sont énumérés dans le *Manuel du pêcheur*, cannes, gaules, épuisettes, lignes empaquetées dans leur enveloppe de peau de daim, empile, boîte de flotteurs, sondes, grains de plomb fendu de toutes tailles pour les plombées, réserve de mouches artificielles, de cordonnet de crin de Florence. La pêche devait être libre, en ce sens que les poissons, quels qu'ils fussent, seraient de bonne prise, et chaque pêcheur pouvait amorcer sa place comme il l'entendrait, suivant l'espèce, ablettes, anguilles, barbeaux, brèmes, carpes de rivière, chevesnes, épinoches, gardons, goujons, hotus, ombres, perches, tanches, plies, truites, vairons, brochets, et autres qui vivent dans les eaux du Danube.

À six heures sonnantes, exactement quatre-vingt-dix-sept concurrents étaient à leur poste, la ligne flottante en main, prêts à lancer l'hameçon.

Un coup de clairon donna le signal, et les quatre-vingt-dix-sept lignes s'étaient tendues au-dessus du courant le long de la rive.

Plusieurs prix de diverses sortes étaient affectés à ce concours, mais les deux premiers d'une valeur de deux cents florins seraient accordés

1° au pêcheur qui aurait le plus grand nombre de poissons, 2° au pêcheur qui aurait un poisson d'un poids supérieur au poids des autres.

Le concours s'effectua dans des conditions parfaites. Il y eut bien quelques contestations pour des places trop sévèrement mesurées, des lignes embrouillées. Petits incidents habituels qui nécessitèrent l'intervention des commissaires, mais rien de grave ne se produisit jusqu'au second coup de clairon qui, à onze heures moins cinq, mit fin à ce concours.

Chaque lot fut alors soumis au jury composé du président Miclesco et de quatre membres de la Ligne danubienne. Ces honnêtes personnages jugèrent avec la plus grande impartialité, et telle qu'elle ne devait amener aucune réclamation, bien que dans ce monde spécial, on ait la tête chaude, lorsque l'amour-propre est en jeu. Quant au résultat du concours, à l'attribution des divers prix, soit au poids, soit au nombre, il fut tenu secret par le jury. On ne le connaîtrait qu'à l'heure de la distribution, c'est-à-dire après le repas qui allait réunir tous les concurrents à la même table.

Cette heure était arrivée. Les pêcheurs, sans parler des curieux venus de Sigmaringen, étaient rassemblés devant l'estrade sur laquelle se tenaient le président et les autres membres du jury.

La vérité est que si les sièges, bancs, escabeaux

ne faisaient point défaut, les tables ne manquaient pas non plus, ni les brocs de bière, ni les
flacons de liqueurs variées, ni les verres grands
et petits. Dans les réunions de pêcheurs à la
ligne, on ne saurait écouter un discours sans
s'asseoir, et s'asseoir sans se désaltérer.

Après un brouhaha de gaieté, chacun prit sa
place, et les pipes continuèrent à fumer de plus
belle à travers cette atmosphère de printemps.

Le président se leva alors, et fut salué par des
cris de : «Écoutez... écoutez!» aussi nombreux
que bruyants.

M. Miclesco, un homme de quarante-cinq ans,
dans toute la force de l'âge, offrait le type pur
du Hongrois, physionomie sympathique, voix
chaude et bien timbrée, gestes élégants et per-
suasifs. Il faisait vraiment bonne figure, entre ses
deux assesseurs, l'un plus vieux, le Serbe Ivetozar, l'autre plus jeune, le Bulgare Titcha. Il parlait, on ne peut mieux, la langue allemande que
comprenaient tous les membres de la Ligne
danubienne, et pas une de ses paroles ne serait
perdue pour l'assistance.

Après avoir vidé un bock écumeux dont la
mousse perla sur la pointe de ses longues moustaches, M. Miclesco s'exprima en ces termes :

«Mes chers collègues, ne vous attendez pas à
un discours avec préambule, développement et
conclusion bien ordonnés. Non, nous n'en
sommes plus à nous griser de harangues offi-

cielles, et je viens seulement causer de nos petites affaires en bons camarades, je dirais même en frères, si cette qualification vous paraît justifiée pour une assemblée internationale ! »

Ces deux phrases, longues comme toutes celles qui se débitent généralement au commencement d'un discours, même quand l'orateur se défend de discourir, furent accueillies par d'unanimes applaudissements, auxquels se joignirent de nombreux très bien ! très bien ! mélangés de hochs et même de hoquets.

Puis, comme le président levait son verre, tous les verres pleins lui firent raison en se choquant. Ceux qui se brisèrent dans ce choc un peu rude, furent immédiatement remplacés.

M. Miclesco continua son discours en mettant le pêcheur à la ligne au premier rang de l'humanité. Il fit valoir toutes les vertus, toutes les qualités dont l'avait pourvu la généreuse nature. Il dit ce qu'il lui fallait de patience, d'ingéniosité, de sang-froid, d'intelligence supérieure pour réussir dans cet art, car c'est plutôt un art qu'un métier. Et cet art, il le voyait bien au-dessus des prouesses cynégétiques dont se vantent à tort les chasseurs.

« Pourrait-on comparer, s'écria-t-il, la chasse à la pêche ?...

— Non ! non !... fut-il répondu de tous les côtés de l'assistance.

— Et quel mérite y a-t-il à tuer un perdreau

ou un lièvre, lorsqu'on le voit à bonne portée et qu'un chien — est-ce que nous avons des chiens, nous?... — l'a fait lever à votre profit?... Ce gibier, vous l'apercevez en temps voulu, vous le visez à loisir, et vous l'accablez de multiples grains de plomb dont le plus grand nombre est tiré en pure perte!... Le poisson, au contraire, vous ne pouvez le suivre du regard... il est caché sous les eaux... Rien qu'avec un seul hameçon au bout de votre Florence, ce qu'il faut de manœuvres adroites, de délicates invites, de dépense intellectuelle, d'adresse instinctive pour décider le poisson à mordre, pour le ferrer adroitement, pour le sortir de l'eau, tantôt pâmé à l'extrémité de la ligne, tantôt frétillant, et pour ainsi dire applaudissant lui-même à la victoire du pêcheur!»

Cette fois, ce fut un tonnerre de bravos qui se propagèrent jusqu'à l'estrade. Assurément, le président Miclesco répondait aux sentiments de la Ligne danubienne. Il savait qu'il ne pouvait aller trop loin dans l'éloge de ses confrères, en plaçant leur noble exercice au-dessus de tous ceux qui mettent en œuvre l'intelligence humaine. Il ne pouvait craindre d'être taxé d'exagération en élevant jusqu'aux nues les fervents disciples de la science pisciceptologique[1], même en évoquant la superbe déesse qui présidait aux jeux

1. « De l'art de prendre du poisson. »

piscotariens de l'ancienne Rome dans les cérémonies halieutiques[1]!

Ces mots furent-ils compris, il n'y a pas à en
douter, car ils provoquèrent de nouveaux éclats
plus bruyants encore.

Et alors, après avoir repris haleine en vidant
une chope qu'il remplit de bière neigeuse :

«Il ne me reste plus, dit-il, qu'à enguirlander
de louanges notre Société dont la prospérité va
toujours croissant, qui recrute chaque année de
nouveaux membres, et dont la réputation est si
notablement établie dans toute l'Europe centrale! Ses succès, je ne vous en parlerai pas, vous
les connaissez, vous en avez votre part, et c'est
grand honneur que de figurer dans ses concours!
La presse allemande, la presse tchèque, la presse
roumaine ne lui ont jamais marchandé leurs
éloges si précieux, j'ajoute si mérités, et je porte
un toast, en vous priant de me faire raison, aux
personnalités qui se dévouent à la cause internationale de la Ligne danubienne!»

Si, sur son invitation, on fit raison au président Miclesco, inutile d'y insister. Les flacons se
vidèrent dans les verres, et les verres se vidèrent
dans les gosiers avec autant de facilité que l'eau
du grand fleuve et de ses affluents coule entre
ses cinq mille kilomètres de rives!

---

1. Jeux célébrés aux ides de juin par les pêcheurs du Tibre. Les
cérémonies «halieutiques» sont «en rapport avec la pêche».

Et l'on en fût demeuré là si le discours présidentiel eut pris fin sur ce dernier toast. Mais — ce qui ne saurait étonner —, il allait être suivi de quelques autres d'un à-propos tout aussi convenable.

Et, en effet, le président s'était redressé de toute sa hauteur, le secrétaire et le trésorier, debout également. De la main droite chacun tenait une coupe pleine d'un Champagne fortement teutonisé, la main gauche posée sur le cœur. Puis d'une voix dont les éclats ne cessaient de s'accroître :

« Je bois à la Société de la Ligne danubienne », dit-il en promenant ses regards sur l'assistance.

Tous s'étaient levés, une coupe au niveau des lèvres, quelques-uns montés sur les bancs, quelques autres montés sur les tables, et ils répondirent avec un ensemble parfait à la proposition de M. Miclesco.

Celui-ci, les coupes vides, reprit de plus belle, après avoir puisé à la bière intarissable placée devant ses assesseurs et lui :

« Aux nationalités diverses, aux Badois, aux Wurtembergeois, aux Bavarois, aux Autrichiens, aux Hongrois, aux Serbes, aux Valaques, aux Moldaves, aux Bessarabiens, aux Bulgares que la Ligne danubienne compte dans ses rangs ! »

Et Bulgares, Bessarabiens, Moldaves, Valaques, Serbes, Hongrois, Autrichiens, Bavarois, Wurtembergeois, Badois lui répondirent comme un seul homme, en absorbant le contenu de leurs coupes.

Enfin le président termina sa harangue en annonçant qu'il buvait à la santé de chacun des membres de la Société. Mais, leur nombre atteignant deux cent soixante-treize, il dut se borner à les comprendre dans un seul toast.

On y répondit d'ailleurs par mille et mille hochs qui se prolongèrent jusqu'à extinction des forces vocales.

Tel fut l'intéressant numéro de cette cérémonie, le second du programme après le premier, qui comprenait les exercices épulatoires.

Le troisième devait se renfermer dans la proclamation des lauréats du concours de Sigmaringen.

On ne l'a point oublié, les pêcheurs devaient être classés en deux catégories distinctes, et des prix, distincts également, étaient réservés à chaque catégorie.

Les premiers étaient attribués à ceux de ces chevaliers de la gaule, qui auraient péché le plus grand nombre de poissons pendant les heures du concours. Les seconds récompenseraient ceux qui auraient levé les plus grosses pièces avec leurs lignes. Il pouvait se faire d'ailleurs, que ce double résultat eût été acquis par le même concurrent, heureux vainqueur du poids et du nombre.

Chacun attendait donc avec une anxiété bien

naturelle, car, ainsi qu'il a été dit, le secret du jury avait été gardé. Mais le moment était venu où il allait se révéler enfin.

Le président Miclesco prit le papier officiel, une sorte de palmarès, qui comprenait la liste des lauréats des deux catégories.

Par suite d'une habituelle méthode, conforme d'ailleurs aux statuts de la Société, les prix de moindre valeur allaient être proclamés les premiers. L'intérêt devait donc s'accroître avec la lecture du palmarès, et même des paris s'engageaient sur les noms de tels ou tels. Il est même probable, en Amérique tout au moins, que ces paris seraient montés à de grosses sommes comme s'il se fût agi de la présidence des États-Unis.

Les lauréats des prix inférieurs dans la catégorie du nombre se présentaient devant l'estrade, et le président leur donnait l'accolade à laquelle il joignait un diplôme et une somme d'argent variable suivant le rang obtenu.

Les poissons qui avaient été réunis dans les filets, après décompte, étaient de ceux que tout pêcheur peut prendre indistinctement dans les eaux du Danube, épinoches, gardons, goujons, plies, perches, tanches, brochets, chevesnes et autres. Valaques, Hongrois, Badois, Wurtembergeois figuraient dans la nomenclature de ces prix inférieurs. Bien que le jury eût fonctionné avec parfaite justice, bien qu'on ne pût lui reprocher ni partialité ni passe-droits, quelques réclamations se produisirent cependant. À propos du troisième prix, pour lequel un Moldave et un Serbe étaient déclarés ex æquo, le nombre de poissons pêchés étant le même, une discussion, qui ne tarda pas à dégénérer en dispute violente, mit les deux lauréats aux prises. Ils avaient été voisins de place ; leurs scions et leurs flottes s'étaient embrouillés. Ils prétendaient que le jury avait compté à l'un les poissons appartenant à l'autre ; le Serbe affirmant que trente-sept devaient être portés à son actif contre trente-cinq, affirmation que le Moldave reprenait à son profit.

En vain, ce qui était de règle, leur fut-il déclaré que le jury n'admettait aucune réclamation de ce genre. Il jugeait en dernier ressort, et ses jugements devaient être tenus pour bons en droit comme en équité. Or, il avait décidé que les deux concurrents occupaient le même rang dans le concours, le Serbe et le Moldave n'avaient que faire de protester.

Comme ni l'un ni l'autre ne consentaient à céder, après les accusations ils en vinrent aux injures, et après les injures aux coups. Le président Miclesco fut dans la nécessité d'intervenir avec l'assistance de ses assesseurs. De plus, les Moldaves de la Société ayant pris fait et cause pour le Moldave, et les Serbes pour le Serbe, il s'en suivit une regrettable bataille qui ne fut pas réprimée sans peine. Il est vrai, de la part de ces pêcheurs à la ligne, qui passent pour des gens si calmes, si placides, si en dehors des violences humaines, tout est possible quand leur amour-propre est en jeu!

Lorsque l'ordre eut été rétabli, la proclamation des lauréats fut reprise, et, cette fois, nul autre ex æquo n'ayant été signalé, aucun incident ne vint troubler la cérémonie.

Le deuxième prix fut attribué à un Allemand, du nom de Weber, qui avait soixante-dix-sept poissons de diverses sortes, et ce nom fut accueilli par les applaudissements de la Société. Du reste, ledit Weber était fort connu de ses confrères; maintes et maintes fois déjà, il avait été classé dans les rangs supérieurs lors des précédents concours, et peut-être s'étonnera-t-on que, ce jour-là, il n'ait pas obtenu le premier prix du nombre.

Non! Soixante-dix-sept poissons seulement figuraient dans son filet, soixante-dix-sept bien comptés et recomptés, alors qu'un concurrent, sinon plus habile, du moins plus heureux, en avait rapporté soixante-dix-neuf dans le sien.

Le nom de ce lauréat fut alors proclamé pour le premier prix de la première catégorie du nombre; c'était le Hongrois Ilia Krusch.

Un murmure d'étonnement parcourut l'assemblée dont les applaudissements n'éclatèrent pas. En effet, le nom de ce Hongrois n'était guère connu des membres de la Ligne danubienne, dans laquelle il ne venait d'entrer que tout récemment.

Le lauréat n'ayant pas paru devant l'estrade, où il devait toucher la prime de cent florins, la seconde catégorie du poids commença. Les primés furent des Roumains, des Serbes, des Autrichiens, et aucun prix n'ayant été déclaré ex æquo, il n'y eut de ce chef ni discussion ni dispute.

Lorsque le nom auquel était attribué le second prix fut prononcé — celui de Ivetozar, l'un des assesseurs, — il fut également applaudi comme l'avait été celui de l'Allemand Weber. Il triomphait avec un chevesne de trois livres et demie, qui lui eût assurément échappé sans son sang-froid et son adresse. C'était l'un des membres les plus en vue, les plus actifs, les plus dévoués de la Société, et qui, à cette époque, détenait le record des récompenses. Aussi, fut-il salué par d'unanimes applaudissements.

Il ne restait plus qu'à décerner le premier prix de cette catégorie, et les cœurs palpitaient en attendant le nom du lauréat.

Or, quelle fut la surprise, plus que de la surprise, une sorte de stupéfaction, lorsque le président Miclesco **dit** d'une voix dont il ne put modérer le tremblement :

«Premier au poids, pour un brochet de dix-sept livres, le Hongrois Ilia Krusch!»

Encore ce lauréat, deux fois couronné, et qui ne s'était pas présenté la première fois à l'appel de son nom !...

Un grand silence se fit dans l'assistance, les mains prêtes à battre demeurèrent immobiles ; les bouches prêtes à acclamer le vainqueur se turent. Un vif sentiment de curiosité avait immobilisé tout ce monde.

Ilia Krusch allait-il enfin apparaître ? se déciderait-il à recevoir du président Miclesco le diplôme d'honneur et les cent florins qui l'accompagnaient ?

Soudain, un murmure courut à travers l'assemblée.

Un des assistants, qui se tenait un peu à l'écart, venait de se lever et se dirigeait vers l'estrade...

C'était le Hongrois Ilia Krusch.

II

Aux sources du Danube

Ilia Krusch était âgé d'une cinquantaine d'années, de taille moyenne, de bonne constitution. Il avait les yeux bleus, de ce bleu qu'on pourrait appeler le bleu hongrois, les cheveux d'un blond qui tirait maintenant sur le jaune, la barbe rare aux moustaches comme aux favoris, la tête plutôt forte, un peu étroite dans sa partie supérieure, les épaules larges, les bras et les jambes solides encore. Bien qu'adonné aux tranquilles loisirs du pêcheur à la ligne, Ilia Krusch était resté vigoureux, et chez lui le moral se portait aussi bien que le physique, bonne santé et bon cœur, ce qui ne gâtait rien. En tout cas, il n'y avait point à se méprendre, c'était un brave homme, serviable et complaisant, toujours prêt à obliger ses semblables, et s'attachant volontiers. Avec sa physionomie un peu bonasse, sa tranquille nature, il représentait assez bien le type que l'on se fait généralement du pêcheur à la ligne et ne déparerait pas la majorité de ses collègues. Mais avant tout, c'était un modeste qui ne recherchait ni le bruit ni l'éclat, et on l'a bien vu à sa réserve lorsqu'il fut proclamé deux fois lauréat de la Ligne danubienne.

Il est vrai, la plupart de ses confrères ne le connaissaient guère ou ne le connaissaient pas. Jamais jusqu'alors il n'avait figuré dans un des concours de cette Société. Son admission ne datait que de cinq ou six mois. Il s'était fait inscrire sous le nom d'Ilia Krusch, de nationalité hongroise, habitant la petite ville de Racz Becse, sur la rive droite de la Theiss, un des principaux affluents du Danube. Ce furent les noms qu'il donna, en payant sa cotisation comme membre de la Société. Il en faisait donc partie, au même titre que tous ses confrères ; mais, on le répète, c'était la première fois qu'il prenait part à l'un de ses concours, et avec quel succès dans les deux catégories du poids et du nombre !

Ilia Krusch, arrivé de la veille à Sigmaringen, n'était venu qu'au matin occuper la place que le sort lui assignait sur la rive gauche du fleuve, et elle se trouvait précisément une des plus éloignées en aval. Ses ustensiles au complet, sa trousse de pêche très soignée, tout eût dénoté en lui un pêcheur sérieux, même un pêcheur hors ligne, pourrait-on dire, si cette expression ne prêtait au jeu de mot, enfin un véritable professionnel. Mais aucun de ses confrères n'avait fait attention à lui, et, au milieu de cette centaine de concurrents, il avait passé inaperçu.

Donc, en réalité, Ilia Krusch ne sortit de son incognito que parce qu'il fut appelé par deux fois devant l'estrade pour recevoir du président Miclesco les diplômes et les primes attribués au premier prix. Bien qu'il se présentât très modestement, sa bonne face ronde indiquait une vive satisfaction intérieure, sans qu'il parût tirer vanité de sa victoire. Il monta à petits pas, en homme habitué à compter les marches d'un escalier, il s'inclina légèrement devant le bureau, il serra la main que lui tendit le président Miclesco, et il redescendit en baissant les yeux. Il n'était assurément pas homme de ces cérémonies, et ses joues s'empourprèrent d'une légère rougeur, lorsque quelques applaudissements l'accueillirent, et c'était bien le moins qu'on pût faire pour ce double lauréat.

Pour achever cette après-midi, il y eut lieu de boire une dernière fois au succès de la Ligne danubienne, et ce fut fait avec une telle conscience qu'il ne resta pas une seule goutte des divers liquides, ni dans les flacons ni dans les verres. Et ce jour-là, si la cave du cabaret du *Rendez-vous des Pêcheurs* ne fut pas entièrement vidée, c'est que l'hôtelier avait eu la précaution de s'approvisionner en conséquence. Mais il était temps que ces indésaltérables buveurs prissent la clef des champs.

C'est ce qui arriva vers six heures du soir, après que le président Miclesco eut serré la main de tous ses confrères, en les invitant au prochain concours de pêche dont la date et le lieu seraient ultérieurement fixés. Étant donné les nationalités différentes qui se rencontraient dans la Ligne danubienne, l'usage voulait que ces concours fussent successivement transportés dans chacun des États que traverse le grand fleuve. Aussi, nombre des membres qui s'y disputaient les diplômes et les primes venaient-ils de fort loin, et, cette fois, puisqu'il s'était tenu à Sigmaringen, presque aux sources du Danube, long serait le voyage de retour de ceux qui habitaient les dernières provinces aux environs de son embouchure.

Et ce qui concernait Ilia Krusch, il n'aurait à faire que la moitié de ce trajet, puisqu'il avait dit demeurer dans une des petites villes de la Hongrie.

Il va de soi que les journaux de l'Europe centrale firent grand bruit à l'occasion de ce concours qui deviendrait célèbre dans les annales de la Ligne danubienne. Il était rare, et même cela n'était jamais arrivé, que le même lauréat eût été proclamé premier dans les deux catégories du poids et du nombre. On ne s'étonnera donc pas du retentissement qu'acquit le nom d'Ilia Krusch. Le (...) de Vienne, le (...) de Budapest, le (...) de Belgrade lui consacrèrent d'élogieux articles. La Hongrie devait être fière d'avoir produit un tel héros. Il fut célébré non seulement en prose, mais en vers, et mainte chanson parut en son honneur.

Comment cet homme modeste, — et nul doute qu'il ne le fût, ainsi qu'on en avait pu juger, — prit-il tant de gloire? Ferma-t-il l'oreille aux éclats des cent trompettes de la renommée qui lui arrivaient de tous les coins de l'horizon? Allait-il rentrer tranquillement dans sa petite ville, où il reprendrait le cours d'une existence probablement des plus calmes, et qui devait être adonnée à cette irrésistible passion de la pêche à la ligne?... Personne ne l'eût pu dire. La cérémonie terminée, son filet et son épuisette d'une main, sa gaule de l'autre, il s'était éloigné vers l'amont, tandis que ses confrères regagnaient Sigmaringen.

Donc, pendant les deux jours qui suivirent, il fut impossible de savoir ce qu'était devenu Ilia Krusch. S'il avait pris les chemins de fer pour retourner à Racz, sa rentrée ferait sans doute quelque bruit, et les journaux en sauraient bien informer le public; mais, assurément, en quittant Sigmaringen, il n'avait pas pris la route de la Hongrie.

Du reste, il est bon de noter que l'identité d'Ilia Krusch n'avait pas été établie après enquête. Pour lui, comme pour les autres membres de la Ligne danubienne, on s'en était rapporté à ses déclarations. Il se disait Hongrois de la basse-Hongrie et il n'existait aucune raison de suspecter son dire. Sa cotisation payée et acceptée, il se trouvait dans la situation de ses confrères. On ne leur demandait rien autre chose que d'être passionnés pour la pêche à la ligne, et de considérer ce noble exercice comme supérieur à tous autres « dans le répertoire de l'humanité » !

Après le succès qu'il venait d'obtenir, il y avait donc tout lieu de croire que cet Ilia Krusch ne négligerait pas de prendre part aux concours ultérieurs qui réunissaient six fois par an les membres de la Ligne danubienne. On le verrait reparaître et au premier rang. C'était, en somme, un pêcheur des plus adroits, des plus entendus à ce métier — on en avait eu la preuve — et qui sait si la fortune ne lui sourirait pas encore ? Dans tous les cas, ce ne serait pas avant deux mois, et, vraisemblablement, l'heureux vainqueur allait retourner dans son pays, dans sa ville natale, où ses concitoyens lui feraient un accueil aussi enthousiaste que mérité.

Et alors, ce fut bien un autre étonnement lorsque le public put lire dans le (...) de Vienne les lignes suivantes, à la date du 26 avril de la présente année :

« Le nom d'Ilia Krusch est maintenant dans toutes les bouches et s'échappe de toutes les lèvres au milieu du brouhaha des admirations.

On sait quel a été son double succès au dernier concours de la Ligne danubienne, et lorsqu'on a récolté cette moisson de lauriers, il est permis de s'en faire un lit triomphal pour y goûter le repos après la victoire.

« Or, que venons-nous d'apprendre ? C'est que ce Hongrois étonnant se prépare à nous étonner plus encore. Il ne se contente pas d'avoir reçu ses diplômes et ses primes de la main du président Miclesco. Voici qu'il se prépare à détenir un autre record, qui, probablement, ne lui sera jamais ravi dans l'avenir.

« Oui ! si nous sommes bien informés, — et l'on sait quelle est la sûreté de nos informations, — Ilia Krusch se propose de descendre le Danube, la ligne à la main, tout le grand fleuve depuis son extrême source dans le duché de Bade jusqu'à son extrême embouchure sur la mer Noire — un parcours d'environ sept cents lieues !

« Ce serait dès demain qu'Ilia Krusch irait jeter son hameçon dans les premières eaux du grand fleuve international, et c'est à se demander s'il ne le dépeuplera pas de tous les représentants de la race ichtyologique, qui remontent ou descendent son cours !

« Nous tiendrons nos lecteurs au courant de cette originale entreprise qui sans doute sera unique au monde ! »

C'est sur cette phrase que se terminait cet

article du (...), bien fait pour attirer l'attention de l'Ancien et du Nouveau Continent sur l'homme du jour.

Ainsi Ilia Krusch se faisait fort de descendre tout le Danube en pêchant à la ligne, mais dans quelles conditions, l'article de la feuille autrichienne ne le disait pas. Serait-ce en cheminant à pied sur l'une ou l'autre rive?... Serait-ce en se livrant au courant dans une embarcation?... Et, ce poisson pris pendant un laps de temps qui ne pouvait être inférieur à plusieurs mois, qu'en ferait-il?... S'en nourrirait-il, ou le vendrait-il dans les villes et les villages sur les bord du fleuve?...

Bref, la curiosité publique ne laissa pas d'être très surexcitée. Les uns ne voulurent voir là qu'un simple racontar qui n'aurait aucune suite. Les autres, au contraire, — et ce furent les plus nombreux, — tinrent la proposition pour sérieuse. Des paris même s'établirent sur la question de savoir si elle serait menée à bonne fin, si, après avoir pris contact avec le Danube à sa source même, l'audacieux pêcheur n'abandonnerait pas la partie avant d'avoir atteint l'une de ses multiples embouchures.

Lorsque le président Miclesco fut interrogé au sujet d'Ilia Krusch sur la personne de cet original, il ne put répondre que d'une façon insuffisante, et il s'en expliqua ainsi:

« Je ne connais pas autrement le vainqueur du

dernier concours, et, autant que j'ai pu m'en assurer, mes collègues ne le connaissent pas davantage. Il n'est entré dans notre Société qu'à une époque toute récente, et aucun de nous n'avait eu jusqu'alors de relations avec lui. Il m'a paru être d'allure très simple, très bourgeoise, très tranquille, ce qu'on appelle volontiers un bonhomme. Mais, que sous cette bonhomie se cache un caractère énergique, une endurance vraiment extraordinaire, une force de volonté peu commune, il faut bien l'admettre en présence de la proposition qui vient d'être faite ! »

Et lorsqu'on demanda au président Miclesco si Ilia Krusch lui avait fait une ouverture directe à ce sujet :

« Nullement, répondit-il, et je n'en ai été informé que par l'article du (...).

— Et vous n'avez pas revu Ilia Krusch ?...

— Je ne l'ai point revu, répondit le président, et cela est même assez singulier. Il semblait indiqué qu'il dût tout au moins mettre au courant de sa tentative ses collègues de la Ligne danubienne dont il venait d'être deux fois le premier lauréat ! »

Le président Miclesco avait raison ; il était assez singulier qu'Ilia Krusch se fût ainsi tenu à l'écart. Après tout, que ne pouvait-on attendre de la part d'un tel original, et, assurément, il fallait être doué d'une forte dose d'originalité pour avoir conçu le projet en question.

Mais alors, si Ilia Krusch n'en avait point dit mot au comité de la Société, est-ce donc qu'il en avait parlé aux journaux, et le (...) le tenait-il de lui-même?

Non, c'était un bruit qui avait pris naissance comme tant d'autres, sans que l'on pût en soupçonner l'origine. Cependant, s'il était véridique, nul doute qu'il ne fût venu d'Ilia Krusch. Toutefois, ce point restait obscur, et, dans le public, bon nombre de gens ne voulurent pas le prendre au sérieux.

Du reste, la curiosité ne tarderait pas à être satisfaite sur ce point. L'attente même ne serait pas de longue durée. C'était à la date du 27 avril, d'après le journal si bien informé, que le projet recevrait un commencement d'exécution, et dans vingt-quatre heures, on saurait à quoi s'en tenir.

Quelques personnes, plus impatientes, ayant bien tenté de se rencontrer avec Ilia Krusch, l'avaient cherché à Sigmaringen dans les hôtels, dans les cabarets, mais en vain. Il ne semblait pas être demeuré dans cette ville après le concours. En outre, on ne l'a pas oublié, à l'issue de la cérémonie, il avait pris le chemin de la rive droite en remontant vers l'amont. Il y avait même lieu de se demander s'il ne se dirigeait pas vers les sources du fleuve dans l'intention d'en relever la situation exacte.

Au surplus, ceux qui s'intéressaient à ce projet n'auraient qu'à se transporter à quelques lieues de Sigmaringen. Ils y rencontreraient assurément Ilia Krusch, à moins que, en dépit des informations de la feuille autrichienne, le lauréat de la Ligne danubienne eût tranquillement repris le chemin de fer pour rentrer dans le pays hongrois, sans même savoir qu'il fût alors l'objet de la curiosité publique.

Toutefois, une difficulté se présentait : la situation de la source ou des sources du grand fleuve était-elle déterminée avec une précision géographique ? Les cartes les fixaient-elles avec une exactitude à laquelle devrait se soumettre Ilia Krusch ? N'existait-il pas quelque incertitude sur ce point, et quand on essaierait de le rejoindre à tel endroit, ne serait-il pas à tel autre ?...

Certes, il n'est pas douteux que le Danube, l'Ister des anciens, prend naissance dans le grand duché de Bade, et les géographes affirment même que c'est par six degrés dix minutes de longitude orientale et quarante-sept degrés quarante-huit minutes de latitude septentrionale. Mais enfin, cette détermination, en admettant qu'elle soit juste, n'est poussée que jusqu'à la minute d'arc et non jusqu'à la seconde, et cela peut donner lieu à une variation d'une certaine importance. Or, d'après le projet, il s'agissait de jeter la ligne à cet endroit même, d'où partait une goutte d'eau danubienne pour aller se mélanger aux flots de la mer Noire.

Après tout, faisait-on observer, une précision absolument mathématique n'était pas de rigueur dans l'espèce. Le projet n'avait point été imposé à Ilia Krusch. Il en était seul l'auteur, et personne ne songerait à le chicaner sur la question de savoir si oui ou non il aurait débuté au point précis d'où sourdait l'immense fleuve. L'essentiel était de rejoindre Ilia Krusch là où le courant commencerait à entraîner sa flotte vers l'aval.

Si l'on s'en rapporte à la légende qui eut long-temps la valeur d'une donnée géographique, le Danube prendrait tout simplement naissance dans un jardin, celui des princes de Fürstenberg. Il aurait pour berceau un bassin de marbre, dans lequel nombre de touristes viennent remplir leur gobelet aux eaux qui s'épanchent dans ce bassin. Serait-ce donc dans cette vasque intarissable qu'il convenait d'attendre Ilia Krusch dans la matinée du 27?...

Mais, là n'est point la véritable, l'authentique source du grand fleuve. On sait maintenant qu'il se forme de la réunion de deux ruisseaux, la Brège et la Briegach, lesquels se déversent d'une altitude de huit cent soixante-quinze mètres, à travers la forêt du Schwarzwald. Leurs eaux se mélangent à Donaueschingen, de quelques lieues en amont de Sigmaringen, et se confondent alors sous l'appellation unique de Donau, d'où est venu le nom du Danube.

Si l'un de ces ruisseaux mérite plus que l'autre d'être considéré comme le fleuve lui-même, ce serait la Brège, dont la longueur l'emporte de trente-sept kilomètres, et qui naît dans le Brisgau.

Mais, sans doute, les curieux plus avisés s'étaient dit que le point de départ d'Ilia Krusch — s'il partait toutefois — serait Donaueschingen, et c'est là que, la plupart appartenant à la Ligne danubienne, ils s'étaient rendus en compagnie du président Miclesco.

Ainsi, dès le matin, attendaient-ils sur la rive de la Brège, au confluent des deux ruisseaux, et les heures s'écoulaient sans que la présence de l'homme du jour eût été signalée.

« Il ne viendra pas, disait l'un.

— Ce n'est qu'un mystificateur ! disait l'autre.

— Et nous ressemblons singulièrement à de bons naïfs ! », ajoutaient quelques-uns d'un ton d'assez mauvaise humeur.

Et alors, le président Miclesco de prendre la défense d'Ilia Krusch.

« Non, affirmait-il, je ne saurais croire qu'un membre de la Ligne danubienne eût pu avoir la pensée de mystifier ses confrères !... Il mériterait alors d'être chassé avec éclat de cette honorable Société... Elle est composée d'hommes trop dignes, trop sérieux, pour que l'un d'eux ait pu se permettre une telle action... Ilia Krusch aura été retardé, et nous allons bientôt l'apercevoir...

— À moins, dit le secrétaire, qu'il y ait eu erreur sur le jour annoncé...

— Ou même — ce qui est fort possible —, lui fut-il répondu, que notre confrère n'ait jamais formé le projet en question?... »

Et, en effet, peut-être n'était-ce là qu'un on-dit, un racontar sans fondement, un de ces canards qui éclosent sous les ailes de la presse quotidienne. Et alors, s'il n'y avait pas mystification, il y aurait déception, ce dont le public serait tout autant marri et même davantage.

Un peu avant neuf heures, ce cri s'échappa du groupe qui se tenait au confluent de la Brège et de la Briegach :

« Le voilà... le voilà ! »

À deux cents pas, au tournant d'une pointe apparaissait un canot, conduit à la godille à travers un remous en dehors du courant. Il suivait la berge. Seul, debout à l'arrière, un homme le dirigeait.

Cet homme était bien celui qui avait figuré quelques jours avant au concours de la Ligne danubienne, le gagnant des deux premiers prix, le Hongrois Ilia Krusch. Après la cérémonie, il avait regagné le canot qui lui servait d'habitation flottante, amarré quelques kilomètres plus en avant, et voilà pourquoi il fut inutilement recherché à Sigmaringen. Et si l'on connaissait son projet de redescendre tout le cours du Danube, c'est que, en effet, il en avait parlé à quelques personnes. De là, l'information parvenue au (...) et qui valait à son auteur un retentissement si extraordinaire.

Lorsque le canot eut atteint le confluent, il s'arrêta, et un grappin le fixa à la berge. Ilia Krusch débarqua et tous les curieux se réunirent autour de lui. Sans doute, il ne s'attendait pas à trouver si nombreuse assistance, car il en parut quelque peu gêné, et décidément, c'était bien un homme qui ne tenait pas à se produire en public.

Le président Miclesco vint le rejoindre, lui tendit une main qu'Ilia Krusch serra avec respect et déférence, après avoir retiré sa casquette de loutre.

«Ilia Krusch, dit-il avec ce ton de dignité solennelle qui le caractérisait, je suis heureux de revoir le grand lauréat de notre dernier concours!»

Le grand lauréat tournait la tête à droite, à gauche, un peu décontenancé, et ne sachant que répondre. Aussi le président reprit-il en disant:

«De ce que nous vous rencontrons aux sources de notre fleuve international, dois-je en inférer qu'il faut prendre au sérieux le projet que l'on vous prête de descendre en pêchant à la ligne le cours du Danube jusqu'à son embouchure ?... »

Ilia Krusch restait muet, les yeux baissés, la langue paralysée par une sorte de confusion qu'il ne parvenait pas à vaincre.

« Nous attendons votre réponse », reprit le président Miclesco.

Encore une minute de silence, après laquelle Ilia Krusch parvint à dire :

« Oui... monsieur le président... j'ai cette intention, et c'est pourquoi je suis remonté jusqu'ici...

— Et vous comptez commencer votre descente...

— Aujourd'hui même, monsieur le président.

— Et comment effectuerez-vous ce parcours ?...

— En m'abandonnant au courant...

— Dans ce canot ?...

— Dans ce canot.

— Sans jamais relâcher ?...

— Si... la nuit.

— Mais il s'agit de six à sept cents lieues...

— À dix lieues par douze heures, ce sera fait en deux mois environ.

— Alors, bon voyage, Ilia Krusch...

— En vous remerciant, monsieur le président. »

Ilia Krusch salua une dernière fois, remit le pied dans son embarcation, alors que les curieux se pressaient pour le voir partir.

Il prit sa ligne, il l'amorça, il la déposa sur l'un des bancs, ramena le grappin à bord, repoussa le canot d'un coup vigoureux de gaffe ; puis s'asseyant à l'arrière, il lança la ligne...

Un instant après, il la retirait, un barbeau frétillant à l'hameçon, et comme il tournait la pointe, toute l'assistance saluait en lui avec ses frénétiques hochs le lauréat de la Ligne danubienne.

III

Une commission
internationale

Cette commission internationale comprenait
autant de membres que l'on compte d'États déli-
mités ou traversés par le Danube de l'occident à
l'orient.

Voici quelle en était la composition :

Pour l'Autriche, M. Zwiedinek.

Pour la Hongrie, M. Hanish.

Pour le duché de Bade, M. Roth.

Pour le Wurtemberg, M. Zerlang.

Pour la Bavière, M. Uhlemann.

Pour la Serbie, M. Ouroch.

Pour la Valachie, M. Kassilick.

Pour la Moldavie, M. Titcha.

Pour la Bessarabie, M. Choczim.

Pour la Bulgarie, M. Joannice.

C'était à Vienne, la capitale du royaume
d'Austro-Hongrie, que venait de se réunir cette
Commission à la date du 6 avril du présent mois.
Une des grandes salles du palais des Douanes
avait été mise à sa disposition, et, ce jour-là, elle

dut procéder à l'élection de son président et de son secrétaire.

C'est sur ce terrain que la première lutte s'engagea, lutte des plus vives, puisque la question de nationalité était en jeu. Rien ne prouvait même que ces commissaires parviendraient à s'entendre, bien que cela fût facile entre Allemands, Autrichiens, Serbes, Valaques, Bulgares, Moldaves, familiarisés avec les divers idiomes en usage dans cette partie de l'Europe jusqu'aux rives de la mer Noire.

Mais il ne mène à rien de discuter ou de se disputer dans la même langue. Encore faut-il que l'accord s'établisse entre les idées.

Or, précisément, dans cette séance, et sans que les petits États voulussent se reconnaître inférieurs aux grands, un violent débat allait les mettre tous aux prises à propos de l'élection du président et du secrétaire. En cette circonstance, Bade, la Serbie, le Wurtemberg, la Moldavie, la Bulgarie, la Bessarabie émettaient leurs prétentions que ne pouvaient accepter ni la Bavière, ni la Hongrie, ni l'Autriche. Et, cependant, les sympathies ou antipathies de race n'avaient que faire dans la question soumise à ces commissaires. Chacun avait été désigné par le gouvernement de son pays, et représentait un empereur, un roi, un grand-duc, un voïvode, un hospodar. En réalité, tous devaient avoir des droits égaux, ils entendaient les faire valoir, et précisément en ce qui concernait la nomination du président de la commission internationale.

Or, il arriva en cette occasion ce qui arrive le plus souvent lorsque chacun s'entête à ne rien céder de ses prétentions. Assurément, des divers États qui comptaient des représentants dans la Commission, le plus important par son rang en Europe, par sa population, par son histoire, c'était le royaume d'Autriche-Hongrie, et on comptait que la présidence serait dévolue soit à M. Zwiedinek, soit à M. Hanish.

Il n'en fut rien, et à qui revint le plus grand nombre de voix?... À M. Roth, le représentant du duché de Bade.

Il fallut bien en passer par là, et, lorsque M. Roth eut pris place au bureau, la nomination du secrétaire, M. Choczim de la Bessarabie, ne présenta plus aucun intérêt.

La discussion commença donc, et, au contraire de ce que l'on pouvait craindre après les débats relatifs à la présidence, elle n'allait donner lieu à aucun incident de quelque gravité.

Voici d'ailleurs ce dont il s'agissait, et dans quel but avait été réunie au palais des Douanes de Vienne cette commission internationale.

Depuis quelque temps, les divers États traversés par le Danube avaient la pensée, justifiée d'ailleurs, que la contrebande se faisait sur une large échelle entre les sources et les embouchures du fleuve. Il semblait qu'il existât une association de fraudeurs, parfaitement organisée, qui fonctionnait à l'extrême préjudice des intéressés, et les pertes du fisc montaient déjà à un chiffre considérable.

Les marchandises passées frauduleusement étaient de haut prix, des étoffes de grand luxe, des vins de grands crus, des objets manufacturés de grande valeur, et aussi des produits d'alimentation, conserves et autres, ainsi soustraits aux droits de douane.

D'où venaient ces marchandises, où étaient-elles apportées? Les plus sérieuses recherches n'avaient pu le faire découvrir, et jamais agent de police ou de douane n'avait pu trouver la piste des fraudeurs.

Il n'était pas d'ailleurs probable que la contrebande s'effectuât par terre, et tout donnait à penser qu'elle prenait la voie du fleuve.

Et, cependant, la navigation était surveillée avec soin pour ne pas dire avec une sévérité extrême qui provoquait de toutes parts les plus vives récriminations. La batellerie du Danube était l'objet de vexations quotidiennes, bateaux arrêtés, bateaux retenus, bateaux visités, bateaux déchargés même, lorsqu'ils donnaient prise à une suspicion particulière, ennuis de toutes sortes, et enfin dommages importants causés au commerce et à l'industrie des transports.

Or, en dépit des investigations, de l'intervention constante des divers agents, rien n'avait été découvert. Ce qui paraissait certain, c'est que ces diverses marchandises, sans avoir acquitté aucun droit, arrivaient aux embouchures du fleuve où les attendaient des navires sous vapeur, qui les débarquaient sur divers points du littoral de la mer Noire, d'où on les expédiait vers l'intérieur.

Il ne semblait pas non plus qu'il y eût doute sur ceci : c'est que cette fraude se faisait depuis plusieurs années déjà, et on était fondé à se demander si elle n'avait pas servi au transport des munitions et des armes, lorsque quelque guerre éclatait dans les provinces riveraines de la mer Noire.

Quoi qu'il en soit, les gouvernements ignoraient jusqu'alors sur quelles bases était fondée cette association de fraudeurs, quel matériel elle employait, si les associés étaient nombreux, s'ils étaient uniquement recrutés parmi les nationaux de l'Europe centrale. Aucun de ces malfaiteurs n'avait pu être pris en flagrant délit. Aussi, la douane et la police, reconnaissant leur impuissance, demandaient-elles qu'une surveillance plus sévère que jamais, surveillance de jour et de nuit, fût établie sur tout le parcours du Danube.

C'est donc en vue de prendre des mesures plus efficaces, plus rigoureuses qu'avait été nommée cette commission internationale, et, pour la première fois, elle venait d'être appelée à délibérer sur ces graves et difficiles questions.

Le président Roth, lorsqu'il eut pris place au bureau, fit un historique de la situation : il dit tout ce qui avait été tenté jusqu'alors sans résultat. Les renseignements recueillis de part et d'autre, il les communiqua à ses collègues. À son avis, les divers États avaient été fraudés dans une proportion énorme. Où s'étaient accumulés les bénéfices des fraudeurs, à quel usage ils avaient été employés, on l'ignorait. La conclusion était que cet état de choses ne pouvait durer plus longtemps, et tous les intéressés comptaient que la commission internationale saurait y apporter remède dans un bref délai.

Une question fut alors posée au président par un des membres, M. Kassilick, représentant de la Valachie.

« Je désirerais savoir, et je pense que mes collègues partageront mon désir, si, depuis que la contrebande s'exerce sur le haut comme sur le bas cours du Danube, les soupçons se sont plus particulièrement portés sur quelqu'un.

— Je puis répondre affirmativement, répliqua le président Roth.

— Sur le chef de l'association ?...

— On a tout lieu de le croire.

— Et ce chef, quel serait-il ?...

— Un certain Latzko, dont le nom aurait été prononcé quelquefois...

— Et sa nationalité ?...

— On ne sait au juste, mais il serait possible qu'il fût d'origine serbe. »

Cette déclaration ne parut pas être du goût du représentant de la Serbie, M. Ouroch, et il crut devoir formuler quelques réserves.

M. Roth s'empressa de lui répondre que cette assertion ne reposait que sur des données assez incertaines et qu'en tout cas, ce chef se nommât-il Latzko, et ce Latzko fût-il Serbe, cela ne saurait en aucune façon porter atteinte à l'honneur d'un pays qui compte parmi ses chefs dynastiques des Étienne, des Brancovitch, des Czerin et des Obrenovitch !

M. Ouroch se montra satisfait, comme l'eussent été en pareille occurrence les représentants allemands, autrichiens, hongrois, valaques et autres, pour lesquels le président Roth n'aurait eu qu'à modifier les noms dans sa réponse.

Ainsi donc, les soupçons des diverses polices se portaient sur un certain Latzko, mais uniquement parce que ce nom avait été révélé dans une certaine lettre surprise à la poste de Pest. Mais, quant à celui qui le portait, assez avisé, assez adroit pour échapper à toutes les recherches, on ne le connaissait même pas, on ne l'avait jamais vu. Était-il le chef de l'association qu'il dirigeait de l'une des villes quelconques de l'intérieur ou des rives du Danube ?... Opérait-il par lui-même sur tout le parcours du fleuve?... Personne ne le savait. Il était à supposer d'ailleurs que, si ce nom de Latzko était véritablement le sien, il agissait sous un autre nom, et celui-là, la police internationale l'ignorait absolument.

Les membres de la Commission savaient tous à quoi s'en tenir à ce sujet. Dans la question qui leur était soumise, il y avait une petite part de connu, et une grande part d'inconnu.

Le connu, c'était que des marchandises, d'importante valeur, passaient en fraude jusqu'au bassin de la mer Noire.

L'inconnu, c'était l'organisation de cette vaste entreprise de contrebande, par quels moyens elle s'effectuait et sous quel chef, à quel personnel commandait ce chef que l'on soupçonnait être un certain Latzko, d'origine serbe.

Ce fut à ce moment de la discussion que le Moldave Titcha proposa d'offrir une forte somme à quiconque mettrait la main sur ce Latzko, et le livrerait à la police.

«Jusqu'ici, fit-il observer, les récompenses promises ont été faibles, trop faibles, et il convient de les élever pour tenter même l'un des fraudeurs de la bande!»

C'était admettre qu'il pouvait se rencontrer un traître qui ne résisterait point à l'appât de la prime, à la condition qu'elle valût la peine de trahir, et, en vérité, peut-être n'était-ce pas mal raisonner de la part de ce Moldave.

« Quel prix est offert ? demanda le Bavarois Uhlemann.

— Cinq cents florins, répondit le secrétaire Choczim.

— Et cinq cents florins, lorsqu'il s'agit d'opérations de contrebande qui donnent des bénéfices cent fois supérieurs, reprit le Moldave, ce n'est pas suffisant... »

Toute la Commission parut être de cet avis, et, sur la proposition du président Roth, la prime fut portée à deux mille florins.

« Et, déclara le Wurtembergeois Zerlang, il serait bon qu'une récompense honorifique fût ajoutée à cette récompense...

— À la condition toutefois qu'elle ne soit pas gagnée par un des hommes de la bande », fit justement observer le Bulgare Joannice.

Cela allait de soi.

Le président dit alors que si cette association de malfaiteurs obéissait à un chef, ce Latzko ou tout autre, la police internationale, chargée de poursuivre les fraudeurs, devait en avoir un. Il importait qu'il pût centraliser les opérations de surveillance, qu'il eût la haute main sur tout le personnel, que chacun des agents pût, nuit et jour, se mettre en communication avec lui — un chef enfin qui, ayant tout pouvoir, assumerait toute responsabilité.

« Jusqu'ici, déclara-t-il, la police et la douane n'ont pu marcher avec ensemble, n'étant pas dirigées par la même tête... Des bras agissaient en divers sens, non un cerveau unique qui aurait dû simultaniser leurs mouvements... De là, des fautes commises, des erreurs regrettables, des contre-ordres fâcheux qu'il importe d'éviter à l'avenir. »

Tous approuvèrent la déclaration du président. La Commission désignerait un chef, auquel serait attribué toute autorité sur les autres agents. Et, elle ne se séparerait pas sans avoir fixé son choix, ce qui allait peut-être provoquer des discussions analogues à celles qui avaient précédé la nomination du président Roth.

Mais, avant de parler des candidats dont la Commission aurait à discuter les titres, celui-ci voulut donner communication d'une note qu'il avait reçue du directeur des douanes à Vienne.

Cette note disait en substance que l'administration avait tout lieu de croire à une nouvelle opération de contrebande qui se préparait depuis quelque temps... Dans les provinces riveraines du haut Danube, il s'était produit un important mouvement des marchandises, surtout en objets manufacturés. Vainement avait-on essayé de suivre ce mouvement... Il s'était effectué avec la plus grande circonspection, et les traces des fraudeurs avaient été définitivement perdues. En outre, l'apparition de plusieurs navires suspects avait été signalée aux diverses embouchures du fleuve. Ils semblaient vouloir communiquer avec la terre, et, après une attente plus ou moins longue, ils prenaient le large, les uns se dirigeant vers les rivages moscovites, les autres vers les rivages ottomans. Accostés par certains bâtiments de guerre, ils avaient montré leurs papiers en règle, et bien que l'on pût les soupçonner dans une certaine mesure, il avait fallu les laisser libres de continuer leur route.

La note ajoutait que la surveillance devait être exercée plus sévère que jamais sur le cours entier du Danube. Tout donnait à penser que la nouvelle opération de contrebande était déjà en voie, et la commission internationale avait à prendre les mesures les plus rigoureuses pour en finir avec ces fraudeurs.

En somme, le président Roth et ses collègues étaient bien décidés à employer tous les moyens possibles pour enrayer cette désastreuse contrebande, à en découvrir le chef et les agents, à détruire jusqu'au dernier cette association de malfaiteurs.

Il restait à organiser ces mesures de manière à les rendre efficaces, en les concentrant dans une seule main. Que la douane d'un côté, la police de l'autre, dussent agir de concert, cela n'était pas à discuter, et d'ailleurs les efforts de ces deux administrations s'exerçaient déjà en commun. Les embarcations de la douane surveillaient le Danube, n'épargnant pas les visites aux bateaux qui descendaient son cours. En ce qui concerne les rives, entre les villes et les villages situés au long du fleuve, c'étaient les escouades de police qui y multipliaient jour et nuit leurs rondes.

Mais, enfin, ces moyens n'avaient point abouti, peut-être par manque d'unité de direction entre des agents de nationalités diverses, et c'est à cet état de choses que la Commission entendait remédier.

Le président ouvrit donc la discussion sur le choix d'un chef auquel elle déléguerait ses pouvoirs et qui aurait autorité sur tout le personnel fourni par les États riverains du Danube.

La discussion ne laissa pas d'être longue. Autriche, Hongrie, Bulgarie, Wurtemberg et autres mettaient en avant leurs préférés, appartenant aux polices de leur pays. Chacun les défendait avec une inlassable ardeur. Jamais on eût cru que l'Europe centrale eût compté un tel stock de policiers d'une telle valeur. Il se produisait là, en somme, ce qui s'était produit pour l'élection du président, où, de guerre lasse, d'ailleurs, la Commission avait fini par nommer le représentant du moins important des États.

Cette fois, il y eut lieu de procéder autrement, et si le président Roth avait été élu à mains levées, il fut nécessaire de recourir au bulletin de vote pour la nomination du chef de police.

Au total, les candidats qui semblaient avoir le

plus de chances étaient ceux de la Hongrie, de la Bavière et de la Moldavie, trois policiers dont, en plusieurs circonstances, on avait pu apprécier le mérite, mérite très sensiblement égal, en somme. Aussi, après discussion, les noms des autres candidats écartés, la Commission décida-t-elle de soumettre ces trois agents au scrutin secret. Il suffirait que dès le premier tour la majorité relative fût obtenue, soit cinq voix sur neuf, personne n'ayant le droit de s'abstenir.

Sur l'invitation du président, chacun écrivit sur un bulletin le nom de son candidat, et ces bulletins furent déposés dans un chapeau. En vérité, à cette époque de votes incessants, ne peut-on se demander si le chapeau n'est pas plutôt destiné à servir d'urne électorale qu'à servir de couvre-chef?...

« Tout le monde a voté ?... », demanda le président.

Oui, et les neuf bulletins furent extraits du chapeau.

Le président procéda alors au dépouillement dont les chiffres étaient inscrits sur le procès-verbal de séance par le secrétaire Choczim.

Sept voix se réunirent sur un nom de nationalité hongroise.

Ce fut celui de Karl Dragoch, chef de la police à Pest, et sur lequel, après discussion, l'accord s'était fait en grande majorité.

Le nom de Karl Dragoch fut donc accueilli

avec satisfaction, et même le Valaque Kassilick et le Moldave Titcha, qui n'avaient point voté pour lui, déclarèrent qu'ils s'y ralliaient volontiers.

C'était, on peut le dire, l'unanimité dans le scrutin.

Du reste, ce choix était amplement justifié par les précédents de Karl Dragoch [1] et les services qu'il avait rendus en maintes circonstances où il agissait comme chef de la police hongroise.

Karl Dragoch, alors âgé de quarante-cinq ans, demeurait à Pest. C'était un homme de complexion plutôt moyenne, assez maigre, doué de plus de force morale que de force physique, de bonne santé cependant, et très résistant aux fatigues professionnelles de son état, ainsi qu'il l'avait prouvé au cours de sa carrière, très brave en outre devant les dangers de toutes sortes qu'elle entraînait. S'il demeurait à Pest, c'est que les bureaux de son administration étaient établis dans cette ville. Mais, le plus souvent, il était en campagne, occupé à quelque mission difficile ou délicate. Au surplus, en sa qualité de célibataire, il n'avait pas les soucis de famille, et rien ne venait entraver la liberté de ses mouvements. Il passait pour un agent aussi intelligent que zélé, très sûr, très actif, avec le flair spécial qui convient à ce métier.

1. Subsistait ici le premier nom de Karl Dragoch, « Dragonof », dont la correction est parfois oubliée. Il évoque plus clairement le *dragon* du fleuve, tué par saint Georges.

On ne s'étonnera donc pas que le choix des commissaires se fût porté sur lui, après que son compatriote Hanish eut fait connaître son mérite et vanté ses qualités.

« Mes chers collègues, dit alors le président Roth, nos suffrages ne pouvaient se réunir sur un nom plus recommandable, et la Commission n'aura point à se reprocher d'avoir choisi Karl Dragoch pour chef du personnel qui doit opérer dans cette grave affaire. »

Il fut décidé que Karl Dragoch, qui se trouvait en ce moment à Pest, serait mandé à Vienne en toute hâte, avant que la Commission ne vînt à se séparer, afin de prendre contact avec ses membres. Cette affaire de contrebande, il devait la connaître déjà. On le mettrait au courant de ce qu'il pouvait ignorer encore. Il donnerait son avis sur la manière d'opérer, et se mettrait aussitôt en campagne.

Il allait de soi que le secret serait absolument gardé sur le choix que venait de faire la Commission. Le public devait ignorer que Karl Dragoch eût la direction de cette affaire. Il importait, en effet, que l'association des fraudeurs n'eût pas l'éveil, et ne pût se défier du chef de la police.

Le jour même, une dépêche fut expédiée à Pest, à l'administration centrale, invitant Karl Dragoch à se rendre sans tarder dans la capitale autrichienne. Il y avait donc lieu de compter que, le lendemain, dès la première heure, Karl Dragoch se présenterait à l'hôtel des Douanes où la Commission tiendrait sa dernière séance.

Avant de se séparer, le président et ses collègues décidèrent de se réunir dès que les circonstances l'exigeraient, soit à Vienne, soit dans toute autre ville des États intéressés. En même temps, en chacun de ces États, les commissaires suivraient les diverses péripéties de la campagne entreprise; ils resteraient en contact avec les agents, et toutes les communications devraient être adressées à M. Roth, au bureau central, dans la capitale. Mais il était convenu que Karl Dragoch conserverait toute sa liberté d'action et ne serait jamais entravé en n'importe quelle circonstance.

La réunion prit fin alors, et il y avait tout lieu d'espérer, grâce aux nouvelles mesures, que la police mettrait enfin la main sur ce Latzko, l'insaisissable chef de cette non moins insaisissable association de fraudeurs.

IV

Des sources du Danube
à Ulm

Ainsi était commencée cette descente du grand
fleuve qui allait promener Ilia Krusch à travers
deux duchés, Bade et Hohenzollern, deux royau-
mes, Wurtemberg et Bavière, deux empires, l'Austro-Hongrie et la Turquie, quatre principautés, la
Serbie, la Valachie, la Moldavie et la Bulgarie. Et
l'original pêcheur effectuerait ce long parcours
de plus de six cents lieues, sans fatigue ; il s'abandonnerait au courant du Danube qui le porterait
jusqu'à son embouchure, sur la mer Noire. À raison d'une lieue par heure, d'une dizaine de lieues
entre le lever et le coucher du soleil, il espérait
arriver au terme de son voyage en deux mois, à
la condition qu'aucun incident ou accident ne
l'arrêtât en route. Et pourquoi aurait-il éprouvé
des retards ?... La navigation ne serait-elle pas plus
facile au retour qu'à l'aller ?... À moins que le
fleuve ne remontât de sa source à son embouchure, ce qu'on ne pouvait craindre même de
la part de ce célèbre et fantasque Danube !

Lorsque Ilia Krusch était venu de Racz Becse à Sigmaringen dans cette embarcation, dont il se servait d'habitude pour la pêche, il avait dû demander le plus souvent l'aide des bateaux à vapeur ou remorqueurs qui fréquentent le fleuve en grand nombre, et jamais on ne la lui avait refusée. Il excipait d'ailleurs de sa qualité d'ancien pilote — ce qu'il devait être. Plusieurs fois même, les capitaines avaient pu constater qu'il connaissait bien les passes trop souvent dangereuses du Danube, à travers les multiples îles semées sur son parcours.

C'est donc ainsi qu'Ilia Krusch était arrivé au terme de son long voyage. Était-ce bien dans le but de concourir avec les membres de la Ligne danubienne, dont il faisait partie depuis quelque temps, tout donnait à le supposer, et on a vu quel avait été son succès. Aussi n'y avait-il pas trop lieu de s'étonner qu'un pêcheur aussi habile que convaincu eût conçu ce projet vraiment excentrique de descendre, ligne en main, ces six cents lieues du fleuve.

Le canot d'Ilia Krusch était long d'une douzaine de pieds, une barge à fond plat, mesurant quatre en son milieu. À l'avant, s'arrondissait une sorte de rouf, de tôt[1], si l'on veut, sous

1. « Tôt » s'orthographie « taud » (abri de toile goudronnée protégeant l'embarcation de la pluie). Michel Verne corrige dans *Le volcan d'or* (I, chap. VIII), mais, dans *Le pilote du Danube* (chap. III), il laisse, comme nous, la fautive écriture paternelle.

lequel deux hommes auraient pu trouver abri, le jour, s'il faisait mauvais temps, la nuit, s'ils voulaient y dormir. Literie et couvertures occupaient la longueur de ce tôt, qu'une porte fermait. En abord de la barge, s'étendaient des coffres latéraux, propres à recevoir d'un côté des habits, du linge, garde-robe très rudimentaire au total. À l'arrière, un autre coffre qui formait banc contenait divers ustensiles, un petit réchaud à charbon où le pot-au-feu trouvait sa place et qui servait à griller les pommes ou les viandes. D'ailleurs, Ilia Krusch avait toute facilité pour se ravitailler quotidiennement en combustible et en comestibles dans les villes, bourgades ou villages riverains. L'occasion ne lui manquerait pas de vendre le produit de sa pêche, si elle avait été fructueuse. Assurément, au cours de ce voyage, qui devait rendre plus illustre encore le nom du lauréat de la Ligne danubienne, les acheteurs ne feraient défaut ni sur la rive gauche, ni sur la rive droite.

Inutile d'ajouter que cette barge était pourvue de tous les engins de pêche qui constituent le matériel du véritable pêcheur, cannes, gaules, épuisettes, montures, flotteurs, plombées, sondes, hameçons, mouches artificielles, réserve de crins et de cordonnet, trousse bien fournie, appâts pour les diverses sortes de poissons. Matin et soir, et même pendant la journée, tout en dérivant, Ilia Krusch pêcherait à la ligne. À la tombée du jour, il irait vendre son poisson, dont il comptait tirer bon profit ; puis, à la nuit close, il se blottirait sous son tôt et dormirait d'un bon sommeil jusqu'au retour de l'aube. Il se remettrait alors en plein courant, et continuerait cette tranquille et facile navigation, sans jamais avoir à demander ni un halage sur les rives ni une remorque aux vapeurs du fleuve.

Ainsi s'écoula la première journée. Lorsque la barge se rapprochait des rives, les curieux y affluaient toujours. Ilia Krusch était salué au passage. Les bateliers eux-mêmes, — et ils sont nombreux sur le Danube, — suivaient avec intérêt ses manœuvres. Ils échangeaient des propos avec lui et ne ménageaient pas leurs applaudissements, lorsque l'adroit pêcheur tirait quelque beau poisson hors de l'eau.

Et de fait, ce jour-là, Ilia Krusch en prit une trentaine, des barbeaux, des brèmes, des gardons, des épinoches, plusieurs de ces mulets qui sont plus particulièrement désignés sous le nom de hotus. Et lorsque la vallée commença de s'assombrir sous les voiles du crépuscule, l'embarcation s'arrêta près d'une berge de la rive gauche, à une douzaine de lieues de son point de départ.

Pas une fois, Ilia Krusch n'avait été gêné par les remous qui se forment aux tournants du fleuve, pas une fois il n'avait dû recourir à l'aviron. La godille seule lui servait à rectifier sa marche, à la maintenir dans le sens du courant, à éviter les bateaux qui remontaient ou descendaient de conserve.

Qu'eût-il fait de cette pêche qu'il ne pouvait consommer à lui seul, si les consommateurs ne se fussent hâtés de venir à lui? Et c'est bien ce qui se produisit, lorsque la barge fut amarrée à un arbre. Il y avait là une cinquantaine de braves habitants du duché de Bade qui l'appelaient, qui l'entouraient, qui lui rendaient les honneurs dus au lauréat de la Ligne danubienne.

«Eh! par ici, Krusch!

— Un verre de bonne bière, Krusch!

— Nous vous achetons votre poisson, Krusch!

— Vingt kreutzers, celui-ci, Krusch!

— Un florin, celui-là, Krusch!»

Et il ne savait qui entendre, et sa pêche avait vite fait de lui rapporter quelques belles pièces sonnantes. Avec la prime qu'il avait déjà touchée au concours, cela finirait par constituer une belle somme, si l'enthousiasme qui débutait aux sources du grand fleuve se continuait jusqu'à son embouchure!

Et pourquoi eût-il pris fin? Pourquoi cesserait-on de se disputer les poissons d'Ilia Krusch? N'était-ce pas un honneur de posséder quelque belle pièce sortie de ses mains, et qui, après avoir été naturalisée, mériterait de figurer en bonne place dans quelque musée ichtyologique?... Il n'avait même pas la peine d'aller débiter sa marchandise dans les maisons riveraines... Les amateurs la lui achetaient sur place. En vérité, c'était une idée géniale qu'il avait eue, ce digne et honnête Krusch, de viser au championnat des pêcheurs du Danube !

Assurément, les invitations ne lui manquèrent pas d'aller souper chez quelque famille hospitalière. On eût été heureux de l'avoir à table. Mais il ne paraissait vouloir quitter son embarcation que le moins possible. S'il ne refusait pas un bon verre de vin, de bière ou de liqueur dans les cabarets de la rive, du moins le faisait-il avec discrétion, étant d'une sobriété qui contrastait tant soit peu avec les appétits naturels de ses confrères de la Ligne danubienne. Et puis, on le répète, ce modeste ne recherchait point les honneurs !

À huit heures et demie, Ilia Krusch était couché sous le tôt. À neuf heures, il dormait d'un sommeil qui ne prit fin qu'aux premières lueurs du jour.

Ces heures du matin sont, on le sait, fructueuses pour la pêche, lorsque le temps est propice, même avec une pluie douce, chaude et intermittente, avec vent de sud ou de sud-ouest. Ilia Krusch, après le coup du matin, reçut le « bon voyage » de deux ou trois braves gens qui s'étaient levés pour assister à son départ ; il démarra et repoussa la barge d'un vigoureux coup de gaffe au milieu d'une légère brume qui glissait à la surface des eaux.

Ainsi que s'était passée cette journée de début, ainsi se passa la deuxième. Il en mit cinq pour descendre cinquante lieues, depuis Donaueschigen jusqu'à Ulm. Il est vrai, tous les jours ne furent pas également marqués d'une croix blanche. Non point qu'un accident fût arrivé à l'embarcation qui portait Ilia Krusch et sa fortune. Mais les circonstances ne furent pas toujours favorables à la pêche, surtout lorsque la pluie vint à tomber en violentes averses, et, dans ce cas, Ilia Krusch, bien enveloppé de sa capote cirée, bien abrité sous son capuchon, ne cherchait qu'à se maintenir au milieu du fleuve, à moins que la violence des bourrasques ne l'obligeât à chercher refuge sous les arbres de la berge.

Ce fut dans l'après-midi du 1ᵉʳ mai qu'il s'arrêta près du quai de la première ville du royaume de Wurtemberg, après Stuttgart, sa capitale.

Il n'était que trois heures, et, comme Ilia Krusch avait vendu en route la pêche de la matinée, il pouvait prendre repos jusqu'au lendemain, sans être obligé à courir la pratique. Et d'ailleurs, cette expression n'est pas juste, puisque la pratique courait plutôt après lui.

Or, il se trouva que l'arrivée du célèbre lauréat n'avait pas été signalée. On ne l'attendait que vers les dernières heures du soir. Il n'y eut donc pas l'empressement habituel, et, très satisfait de son incognito, en somme, il mit à exécution le désir qu'il avait de visiter la ville, sans attirer l'attention publique. Ne connaissant pas Ulm, c'était une occasion toute naturelle de satisfaire sa curiosité.

Il n'est pas exact de dire que le quai était désert, à l'heure où la barge vint s'y amarrer.

En effet, depuis plusieurs centaines de pas, tandis qu'elle descendait le long de la rive, un homme la suivait sans la quitter des yeux.

Est-ce donc que cet homme avait reconnu Ilia Krusch dans le pêcheur qui dirigeait l'embarcation ? En tout cas, celui-ci n'y avait pas autrement pris garde.

Cet homme était d'une taille moyenne, plutôt maigre, le corps serré dans son vêtement à la mode hongroise, très propre et bien ajusté, le vêtement d'un amateur plutôt que celui d'un professionnel. Cet homme avait l'œil vif, l'allure décidée, bien qu'il eût certainement dépassé la quarantaine, et il semblait regarder autour de lui, comme s'il craignait d'être suivi ou observé. Il tenait à la main une valise de cuir.

Lorsque Ilia Krusch débarqua, l'inconnu parut éprouver une certaine hésitation. Il semblait réfléchir sur un parti à prendre. Allait-il se mettre en rapport avec le pêcheur, ou rentrer dans la ville pour y signaler son arrivée ?...

Pendant ce temps, Ilia Krusch, qui ne lui prêtait aucune attention, fixait solidement le grappin de son bateau, y rentrait, fermait la porte du tôt, s'assurait que le couvercle des coffres était bien fermé au cadenas, sautait à terre, et, en pleine liberté, très satisfait de ne point figurer au milieu d'un cortège d'admirateurs, il gagnait la première rue qui remontait vers la ville.

Aussitôt, l'homme de le suivre, en se tenant à une vingtaine de pas en arrière.

Ulm est traversée par le Danube, ce qui la rend wurtembergeoise sur la rive gauche, et bavaroise sur la rive droite, en somme bien allemande, et, s'il eût été connaisseur, Ilia Krusch aurait pu constater les différences que cette ville présentait avec les cités de son propre pays.

Peut-être l'homme qui le suivait depuis qu'il avait débarqué dans la partie nord de la ville, eût-il pu lui servir de cicérone? Mais il ne cherccha point à lui adresser la parole et se contenta de ne point le perdre de vue.

Ilia Krusch allait donc le long de vieilles rues bordées de vieilles boutiques à guichets, boutiques dans lesquelles la pratique n'entre guère, et où le marché s'opère sur la devanture vitrée. Et, quand le vent siffle, quel tapage de ferrailles sonores, alors que se balancent au bout de leurs bras les pesantes enseignes, découpées en ours, en cerfs, en croix et en couronnes!

Ilia Krusch, les yeux grands ouverts, la bouche béante, sa figure bonasse tout émerveillée, déambulait au hasard, comptant bien que le hasard le conduirait aux curieux endroits. Après avoir gagné la vieille enceinte, il parcourut un quartier où bouchers, tripiers et tanneurs ont leurs séchoirs le long d'un ruisseau boueux. Après avoir regardé complaisamment tout l'étalage des viandes, il se laissa tenter par une belle platée de tripes, se promettant de l'accommoder sur le petit fourneau de sa barge. Du reste, comme la plupart des pêcheurs à la ligne, s'il n'était pas autrement amateur de poisson — exception faite pour la carpe et le brochet, — il ne dédaignait pas les côtelettes et les saucisses du charcutier.

Ilia Krusch ne se contenta pas de cette acquisition. Il n'ignorait point que l'ancienne cité impériale était renommée pour ses escargots dont la vente monte chaque année à plusieurs millions. Aussi s'en offrit-il quelques douzaines, qu'il eût assurément payées moins cher et peut-être pas payées du tout, si le marchand eût su à quel illustre client il avait affaire. Mais Ilia Krusch, peu enclin à courir les honneurs, espérait bien quitter Ulm sans qu'un incident eût trahi son incognito.

Tout en flânant à l'aventure, Ilia Krusch arriva devant la cathédrale, l'une des plus hardies de l'Allemagne. Son munster [1] avait l'ambition de

---

1. «Munster» : vieille église gothique. Jules Verne l'emploie plutôt dans le sens de la «flèche de l'église».

s'élever dans le ciel plus haut que celui de Strasbourg. Mais cette ambition a été déçue, comme tant d'autres plus humaines, et l'extrême pointe de la flèche wurtembergeoise s'arrête à la hauteur de trois cent trente-sept pieds.

Ilia Krusch n'appartenait pas à la famille des grimpeurs. L'idée ne lui vint donc pas de monter au munster, d'où son regard aurait pu embrasser toute la ville et la campagne environnante. S'il l'eût fait, il aurait été certainement suivi par cet inconnu qui ne le quittait pas, mais dont la curieuse insistance lui échappait cependant. Aussi, lorsqu'il entra dans la cathédrale, en fut-il accompagné, tandis qu'il admirait le tabernacle qu'un voyageur français, M. Duruy, a pu comparer à un bastion avec logettes et mâchicoulis, puis alors qu'il regardait les stalles du chœur qu'un artiste du quinzième siècle a peuplées des hommes et des femmes célèbres à cette époque.

Tous deux se retrouvèrent en face de l'Hôtel de Ville. En cas que cela fût de nature à l'intéresser, si Ilia Krusch eût demandé l'âge de ce monument municipal, il est probable que l'inconnu aurait pu lui répondre :

« Plus de six cents ans ont passé sur sa tête. Il est l'aîné de cette jolie fontaine de Joerg Syrling, édifiée près d'un siècle après lui, et que vous pouvez contempler sur la place du Marché en face de l'Hôtel de Ville. »

Mais le digne pêcheur n'interrogea personne à ce sujet, pas plus l'inconnu que n'importe quel autre Ulmois. Ce qu'il voyait suffisait sans doute aux besoins de son sens artiste, et comme, à partir de la place du Marché, il redescendit vers la rive gauche du fleuve, c'est que son intention était bien de rallier ce qu'un marin eût appelé son « port de relâche ».

L'autre s'engagea à travers les mêmes rues au milieu du dédale d'un quartier qui eût nécessité un guide. Aussi Ilia Krusch hésita-t-il à plusieurs reprises, et dut-il même demander son chemin.

C'était ou jamais l'occasion pour l'inconnu de rendre ce petit service à Ilia Krusch, s'il désirait se mettre en relation avec lui; car, à n'en pas douter, il connaissait la ville. Il ne le fit pas, cependant, et, sans en avoir l'air, resta dans son attitude expectante.

Deux fois avant d'arriver au quai, Ilia Krusch fit une halte de quelques minutes. La première, ce fut pour assister au passage d'une compagnie d'échassiers, juchés sur leurs longues échasses, exercice très goûté à Ulm, bien qu'il ne soit pas imposé aux habitants comme il l'est dans cette antique cité universitaire de Tubingen, où il a pris naissance, tant son sol humide et raviné est impropre à la marche des simples piétons.

Pour mieux jouir de ce spectacle qui comportait un personnel de jeunes gens, de jeunes filles, de garçons et de fillettes, tous en joie, Ilia

Krusch avait pris place dans un café, et l'inconnu vint s'asseoir à une table voisine de la sienne. Tous deux se firent servir un pot de cette fameuse bière qui est renommée dans le pays.

Dix minutes après, ils reprenaient leur marche, et elle ne fut plus interrompue que par une dernière halte.

Ilia Krusch venait de s'arrêter devant la boutique d'un marchand de pipes. Et l'inconnu aurait pu l'entendre se dire :

« Bon !... J'allais oublier cela ! »

Ce dont Ilia Krusch se ressouvenait fort à propos, c'était d'acheter une de ces pipes en bois d'aune, qui sont très recommandées à Ulm. Il fit donc son choix parmi celles que lui présenta le fabricant, une pipe très simple d'ailleurs, pouvant impunément supporter les aléas d'une navigation de six cents lieues ; puis il la bourra avec soin, il l'alluma, et reparut au milieu d'un nuage de fumée odorante.

Il faisait presque nuit lorsque Ilia Krusch se retrouva sur le quai. Peut-être la nouvelle de son arrivée s'était-elle répandue. Quelques curieux examinaient cette barge évitée le long de la rive. Or, comme elle n'offrait rien de curieux par elle-même, lesdits curieux n'avaient pu être attirés en cet endroit que par la notoriété de son propriétaire. D'autre part, ledit propriétaire ne se montrant pas, ils remirent à plus tard le soin de lui présenter leurs vœux et leurs hommages. Et sans doute, ils se proposaient de revenir le lendemain afin d'assister au départ du lauréat de la Ligne danubienne.

Or, on sait que, pour une raison ou pour une autre, Ilia Krusch cherchait plutôt à se soustraire aux démonstrations publiques. Aussi son intention était-elle de partir dès le petit jour, avant l'arrivée des plus matinaux.

N'ayant pas été vu lorsqu'il descendit le long du quai, puis dans la barge, il ne fut pas vu lorsqu'il s'assura que l'amarre tenait bon et ne le laisserait pas aller en dérive pendant la nuit, il ne fut pas vu lorsqu'il soupa des restes de son dîner de midi, gardant les diverses provisions qu'il venait d'acheter, il ne fut pas vu lorsqu'il se glissa sous le tôt de l'arrière [1] dont la porte se referma derrière lui. Enfin, très satisfait de sa visite à la cité wurtembergeoise, il s'endormit d'un paisible sommeil, avec l'espoir que rien n'en troublerait la tranquillité.

Cette tranquillité ne fut point troublée, en effet, et cependant, jusqu'au jour, il y eut un homme qui fit les cent pas sur le quai, ne s'éloignant jamais de la barge, comme s'il eût craint qu'Ilia Krusch ne voulût profiter des ténèbres, soit pour reprendre le fil du courant, soit pour

---

[1]. Le « tôt » se trouve à l'avant. Les lapsus sont fréquents dans l'œuvre de Jules Verne.

s'éloigner de la rive gauche et s'amarrer sur la rive droite du fleuve.

À peine la vallée du Danube s'éclairait-elle des premières blancheurs de l'aube qu'un mouvement se produisait à bord de l'embarcation.

La porte du tôt venait de s'ouvrir, Ilia Krusch paraissait. Il se redressait tout de son long, il ouvrait un des coffres latéraux, il y prenait une bouteille et un verre, il avalait quelques gorgées de kirchenwasser, puis, allumant la pipe achetée la veille, il en tirait quelques bouffées avec un évident plaisir.

Avait-il aperçu l'inconnu qui était là, comme en surveillance ? Ce n'est pas probable, car celui-ci se tenait alors dans l'ombre du parapet, et c'est à peine s'il faisait jour.

Du reste, le quai était désert, et si les curieux revenaient, ils ne trouveraient plus à satisfaire leur curiosité. La barge serait déjà loin, emportée par le vif courant du fleuve.

En effet, Ilia Krusch venait de haler l'embarcation sur son amarre, et il n'avait plus qu'à la larguer pour s'éloigner de la rive.

À ce moment, l'inconnu redescendit et, saisissant l'amarre qui allait être rentrée :

« Mon ami, dit-il, vous êtes Ilia Krusch, n'est-il pas vrai ? »

En somme, Ilia Krusch ne pouvait avoir de raisons pour cacher son identité, puisqu'il s'en

allait, et il répondit, mais sans trop d'empressement :

«Ma foi... oui... monsieur...

— Et vous vous disposez à repartir?... demanda
l'inconnu.

— Comme vous voyez, monsieur?...»

Et il semblait attendre que l'inconnu voulût
bien lui dire son nom, puisqu'il connaissait le
sien.

«Monsieur Jaeger, fut-il répondu. Je suis
Autrichien, et puisque vous êtes Hongrois, monsieur Krusch, nous sommes faits pour nous
entendre.

— Et que me veut monsieur Jaeger? interrogea Ilia Krusch, dont la voix indiquait une certaine défiance.

— Voici, monsieur Krusch. J'ai entendu parler de vos exploits. J'ai eu le désir de vous
connaître. Ce projet de descendre tout le cours
du Danube en pêchant à la ligne m'a paru fort
original, et j'ai une proposition à vous faire.

— Laquelle, monsieur Jaeger?...

— À combien estimez-vous la valeur du poisson que vous prendrez pendant votre navigation?...

— Ce que pourra rapporter ma pêche?...

— Oui...

— Peut-être une centaine de florins, répondit Ilia Krusch.

— Eh bien, je vous en offre cinq cents... Oui !

92

cinq cents, étant entendu que je toucherai chaque soir le prix de la vente...

— Cinq cents florins ! », répétait Ilia Krusch.

Décidément, le pêcheur de Racz aurait fait là une excellente campagne. Les deux primes au concours de Sigmaringen qui lui valaient déjà deux cents florins, les cinq cents que lui offrait M. Jaeger, c'était là une aubaine à laquelle il ne pouvait s'attendre. Et, en réalité, il se demandait si cette proposition devait être prise au sérieux.

« Votre réponse ?... insista M. Jaeger qui semblait craindre un refus.

— Certainement, dit Ilia Krusch, c'est tentant, monsieur Jaeger... Et si ce n'est pas une plaisanterie... ou une mystification...

— Je ne me permettrais pas de plaisanter avec M. Ilia Krusch, répondit un peu sèchement M. Jaeger, et je n'ai jamais mystifié personne.

— Mais, reprit Ilia Krusch, votre intention serait donc d'embarquer avec moi dans ma barge...

— En effet, monsieur Krusch, et ce serait là une condition indispensable. »

Ilia Krusch montrait certaine hésitation à répondre d'une façon formelle.

« Votre embarcation me paraît assez grande pour porter deux personnes...

— Assurément, monsieur Jaeger, et il y a place pour deux sous le tôt...

— C'est ce qu'il m'a semblé.

— Mais le voyage sera long... deux mois peut-être et...

— J'ai dans cette valise tout le linge et les vêtements de rechange qui me seront nécessaires...

— Vous aviez donc tout préparé en vue de cette navigation? demanda Ilia Krusch, qui regardait avec une certaine attention son interlocuteur.

— Oui... monsieur Krusch... je savais que vous alliez arriver à Ulm... je vous guettais... je vous ai suivi pendant votre promenade... je suis même resté sur le quai toute la nuit pour ne pas manquer votre départ... et je suis prêt à embarquer, et si vous consentez à ce que je vous accompagne...

— Et vous offrez cinq cents florins? reprit Ilia Krusch qui ramenait la proposition à son côté le plus sérieux.

— Cinq cents, dont voici la moitié », reprit M. Jaeger en remettant une liasse de billets de banque.

Ilia Krusch les prit, les examina, les compta avec un soin qui prouvait une certaine défiance, mais dont M. Jaeger ne parut point se blesser.

En ce moment, quelques personnes commençaient à paraître, les unes venant de l'amont, les autres de l'aval, un certain nombre descendant les rues de la rive gauche. Nul doute que la présence d'Ilia Krusch ne se fût ébruitée, et, s'il voulait échapper à la curiosité publique, il n'avait plus un instant à perdre.

À noter que M. Jaeger, dont le visage se rembrunissait à l'approche de ces curieux, ne paraissait pas moins pressé de les éviter. Aussi reposat-il, et avec insistance, sa question à Ilia Krusch.

« M'acceptez-vous ? » dit-il.

Il y a lieu de croire qu'Ilia Krusch accepta la proposition, car, une minute après, la barge prenait le courant, et M. Jaeger se trouvait à bord près de lui.

Et lorsque les curieux arrivèrent, le lauréat de la Ligne danubienne était déjà à une vingtaine de toises, et ils ne purent que le saluer de leurs lointains hurrahs.

V

D'Ulm à Ratisbonne

Même à Ulm, pendant sa traversée de ce charmant petit royaume du Wurtemberg, le Danube
n'est encore qu'un modeste cours d'eau. Il n'a
pas reçu les grands tributaires qui doivent
accroître sa puissance, et rien ne permet de pré-
sager qu'il va devenir l'un des plus importants
fleuves de l'Europe. Le courant marchait à l'allure moyenne d'une lieue à l'heure. Quelques
lourds bateaux chargés jusqu'au plat-bord, des
barques de moindre dimension le descendaient,
les unes s'abandonnant à la dérive, les autres
s'aidant d'une large voile que gonflait la brise
matinale, sortie des nuages du nord-ouest. Le
temps s'annonçait beau, avec alternatives de
soleil et d'ombre, sans menace de pluie.

Ces conditions atmosphériques étaient des
plus favorables, et un pêcheur expérimenté n'eût
pas négligé d'en faire profit.

Ilia Krusch prépara donc ses engins avec un

soin minutieux, sans trop se presser, en homme dont la patience est la qualité première.

Son compagnon, assis à l'arrière de la barge, semblait prendre intérêt à ces préparatifs. Il avait déclaré que l'art de la pêche le séduisait tout particulièrement avec ses aléas, avec ses surprises... Mais était-il pêcheur lui-même, voilà ce qu'il n'avait pas dit, et ce qu'ignorait Ilia Krusch.

Aussi, tout en travaillant, étant assez causeur de sa nature, il mit la conversation sur ce sujet.

«Monsieur Jaeger, demanda-t-il, nous voici embarqués pour une longue navigation...

— Oh! pas maritime, fluviale seulement.

— Sans doute, répondit Ilia Krusch, et je ne prétends pas qu'elle présente quelque danger. Mais elle durera nombre de semaines, sans doute, et peut-être les journées vous paraîtront-elles longues... à moins que...

— À moins que?... répéta M. Jaeger d'un ton interrogatif.

— Que vous ne soyez ce que je suis...

— Et quoi donc, monsieur Krusch?...

— Un pêcheur à la ligne... j'en suis encore à le savoir...

— Oh! pêcheur indigne, répliqua gaiement M. Jaeger, en attendant que je sois instruit à votre école! Il me suffira de vous voir opérer, et croyez bien que je ne m'ennuierai pas un instant!»

Ilia Krusch acquiesça d'un signe de tête et M. Jaeger ajouta :

« Est-ce que vous n'allez pas reprendre la pêche dès ce matin ?...

— Je m'y prépare, monsieur Jaeger, et on ne saurait apporter trop de soin à ses apprêts... Le poisson est défiant de sa nature, et on ne saurait prendre trop de précautions pour l'attirer... Il y en a d'une intelligence rare, entre autres la tanche... Il faut lutter de ruse avec elle, et sa bouche est tellement dure que si elle ne se décroche pas, une fois piquée, elle risque de casser les lignes...

— La tanche, je crois, n'est pas très recherchée des gourmets... fit observer M. Jaeger.

— Non, car la plupart du temps, comme elle affectionne les eaux bourbeuses dans lesquelles se trouve sa nourriture, sa chair n'est pas agréable. Mais, si par bonheur, elle n'a pas ce défaut, c'est un manger des plus délicats.

— Et, demanda M. Jaeger, ne rangez-vous pas le brochet parmi les poissons les meilleurs au point de vue de la table ?...

— Assurément, déclara Ilia Krusch, à la condition de peser au moins de cinq à six livres, car les petits ne sont qu'arêtes. Mais, dans tous les cas, le brochet ne saurait être rangé parmi les poissons intelligents et rusés...

— Vraiment, monsieur Krusch ! J'aurais cru

que ces requins d'eau douce, comme on les appelle...

— Sont aussi obtus que les requins d'eau salée, monsieur Jaeger. De véritables brutes, au même niveau que la perche ou l'anguille ! Leur pêche peut donner du profit, de l'honneur jamais !... Ce sont, comme l'a écrit un fin connaisseur, des poissons qui "se prennent" et qu'on ne "prend pas" ! »

M. Jaeger ne pouvait qu'admirer la conviction si persuasive avec laquelle s'exprimait M. Ilia Krusch, non moins que la minutieuse attention qu'il apportait à préparer ses engins.

Tout d'abord, Ilia Krusch avait pris sa canne, à la fois flexible et légère, qui, après avoir été ployée à son extrémité presque au point de brisure, s'était redressée aussi droite qu'avant. Elle se composait d'ailleurs de deux parties, la première forte à la base de quatre centimètres, et diminuant jusqu'à n'avoir plus qu'un centimètre à l'endroit où commençait le scion en bois fin et résistant. Faite d'une gaule de noisetier, elle mesurait près de quatre mètres de longueur, et si l'avisé pêcheur l'avait choisie, c'est qu'il comptait, sans s'éloigner de la rive, s'attaquer aux poissons de fond, tels que la brême, le gardon rouge et autres ; grâce à l'élasticité du scion, il saurait les fatiguer et déjouer tous leurs efforts pour se décrocher de l'hameçon.

Et, alors, montrant à M. Jaeger les hameçons

qu'il venait de fixer avec l'empile à l'extrémité du crin de Florence, il dit :

« Vous voyez, monsieur Jaeger, ce sont des hameçons numéro onze, très fins de corps. Je vais les amorcer avec le blé cuit, crevé d'un côté seulement et bien amolli, ce qu'il y a de meilleur pour le gardon...

— Je veux vous croire, monsieur Krusch, répondit M. Jaeger, mais ce qu'il y a de meilleur pour le pêcheur matinal, c'est le coup du matin. Un petit verre d'eau-de-vie me paraît indiqué... »

Et M. Jaeger tira de sa valise une fiole qu'il fit miroiter aux rayons du soleil levant.

« Volontiers, répondit Ilia Krusch, mais parce que nous sommes au matin. Voyez-vous, la sobriété avant tout pour le pêcheur à la ligne ! Jamais de vin blanc, qui l'énerve, le moins possible d'alcool, qui lui enlève la justesse du coup d'œil... C'est encore le café froid qu'on doit prendre de préférence...

— Cependant, vous ne refuserez pas de me rendre raison, monsieur Krusch ?

— À votre santé, monsieur Jaeger ! »

Et deux petits verres remplis d'une excellente eau-de-vie de vin se choquèrent en signe de bonne amitié.

Il va sans dire que, tandis qu'Ilia Krusch faisait ses préparatifs, la barge descendait tranquillement le fleuve. Elle se maintenait d'elle-même sans qu'il fût nécessaire de la diriger. Du reste, la godille est en place sur son taquet d'arrière, et tout en tenant sa ligne d'une main, le pêcheur peut la manœuvrer de l'autre. Cette fois, Ilia Krusch n'avait pas l'intention de s'écarter de la rive gauche, et comptait en suivre la berge à deux toises tout au plus.

« Voilà qui est fini, dit-il, lorsqu'il eût achevé d'amorcer ses hameçons, et je n'ai plus qu'à tenter la fortune. »

En effet, il était prêt, et s'assit sur le banc, tandis que M. Jaeger s'accoudait contre le tôt, son épuisette à sa portée.

La ligne fut alors lancée après un léger balancement méthodique, qui n'était pas dépourvu d'une certaine grâce ; les hameçons s'enfoncèrent sous les eaux un peu jaunâtres, et la plombée leur donna une position verticale, ce qui, de l'avis de tous les professionnels, est préférable. Au surplus, la flotte ne consistait qu'en une plume de cygne, qui, ne prenant pas l'eau, est par cela même excellente.

Il va de soi qu'un profond silence, à partir de ce moment, régna dans l'embarcation. Le poisson peut trop facilement s'effaroucher du bruit des voix, et d'ailleurs un pêcheur sérieux a tout autre chose à faire qu'à se livrer aux conversations. Il doit être attentif à tous les mouvements de sa flotte, et ne pas laisser échapper l'instant précis où il convient de ferrer sa proie.

Pendant cette matinée, Ilia Krusch ne put que

se féliciter de sa réussite. Non seulement il prit une vingtaine de gardons, mais aussi quelques chevesnes et quelques dards[1]. M. Jaeger n'avait pu qu'admirer la précision rapide avec laquelle il ferrait, ainsi que cela est nécessaire pour les poissons de cette espèce. Dès qu'il sentait que « cela mordait », il se gardait bien de ramener aussitôt gardons ou autres à la surface de l'eau ; il les laissait se débattre dans les fonds, se fatiguer en vains efforts pour se décrocher, montrant ce sang-froid imperturbable qui est l'une des qualités de tout pêcheur digne de ce nom.

Du reste, la conversation reprenait entre son compagnon et lui, lorsque le poisson était amené. Il ne cherchait point à taire les secrets de son art, n'étant pas de ces égoïstes qui gardent pour eux les bénéfices d'une longue expérience. Il semblait bien, d'ailleurs, que M. Jaeger prenait intérêt aux leçons d'un maître si éminent, et nul doute qu'avant peu il se hasarderait à s'armer d'une seconde ligne, ne fût-ce que pour occuper les longues heures de cette navigation.

La pêche prit fin vers onze heures. Avec le soleil presque à sa culmination, dont les rayons scintillaient à la surface des eaux danubiennes, le poisson ne mordait plus, et Ilia Krusch ne se

1. Nom d'une espèce de carpe, ainsi nommée parce qu'elle s'élance avec beaucoup de vitesse (selon Littré).

remettrait à la besogne qu'au coucher de l'astre radieux.

« Monsieur Jaeger, dit-il, ce sont les heures les plus favorables, du moins lorsque la température est déjà chaude. Si nous étions en hiver, ce serait, au contraire, au milieu du jour, qu'il y aurait plus de chance de réussir. »

Tous deux déjeunèrent donc, non seulement des provisions qu'Ilia Krusch s'était procurées la veille à Ulm, et des conserves renfermées dans les coffres de la barge, mais aussi de certain jambon que M. Jaeger tira de sa valise, et qu'il se promettait bien de renouveler autant de fois qu'il serait nécessaire. Il n'entendait pas se nourrir aux frais de son hôte pendant toute la durée du voyage, et Ilia Krusch fit honneur à ce produit porcin sorti des meilleures fabriques de Mayence.

Pendant l'après-midi, si Ilia Krusch laissa plusieurs fois se clore ses paupières, même pendant qu'il aspirait les fumées de sa pipe, M. Jaeger, lui, observait avec attention les deux rives du fleuve, les bateaux en montée ou en descente, les uns remorqués, les autres à la dérive. Le long de la berge droite, conquise sur le fleuve pour l'établissement de la voie ferrée, couraient les trains, haletaient les locomotives dont les fumées venaient parfois se mêler à celles des dampfschiffs, dont la roue battait les eaux du fleuve.

Peut-être Ilia Krusch ne remarquait-il pas avec

quel soin son compagnon regardait aussi bien les bateaux, assez nombreux déjà en cette partie du Danube, que les véhicules qui circulaient le long des rives. Un autre, plus avisé ou moins indifférent à tout ce qui n'était pas la pêche, s'en fût certainement aperçu.

Aux dernières heures de cette journée, la ligne fut de nouveau amorcée. Une douzaine de poissons ne refusèrent point d'y mordre. Cela vint à propos, et ceux du matin comme ceux du soir furent convenablement vendus dans le petit village près duquel la barge passa la nuit. Le bénéfice de cette vente entra dans la poche de M. Jaeger, suivant les conventions faites. Mais, très honnêtement, Ilia Krusch de lui dire :

« N'importe, monsieur Jaeger, j'imagine que vous aurez de la peine à rattraper les cinq cents florins que vous aura coûté ma pêche !...

— Ça, c'est mon affaire, monsieur Krusch, et vous verrez, elle sera meilleure que vous ne voulez le croire. »

Il est vrai, dans ces modestes villages, il n'y avait pas lieu de tabler sur l'empressement qui se produirait dans les villes, ainsi que cela était arrivé à Ulm, lorsque la présence du lauréat de la Ligne danubienne y serait connue.

Aucun incident ne marqua les journées des 3 et 4 mai. La pêche se continua dans les mêmes conditions et donna les mêmes profits.

Ce soir-là, le grappin fut jeté sur le quai de

Neubourg, après avoir franchi les deux ponts qui assurent la communication à travers le fleuve. Cette ancienne ville forte compte environ six mille âmes, et ce n'est pas trop s'avancer de dire que si M. Jaeger avait voulu «faire un peu de réclame» pour employer une locution toute française, la moitié des habitants se fût portée au-devant d'Ilia Krusch, et l'eût accueilli comme il le méritait. Mais, outre que ce brave homme ne recherchait point les acclamations de la foule, son compagnon, bien que la vente dût en pâtir, se tint sur la même réserve, pour une raison ou pour une autre.

La barge avait mis trois jours à franchir les vingt-cinq lieues qui séparent Ulm de Neubourg, et elle ne mit qu'une demi-journée à franchir les vingt kilomètres de Neubourg à Ingolstadt. Elle s'arrêta au confluent de la Shatter, un des affluents du grand fleuve. Si elle ne continua pas sa route, c'est à cause du mauvais temps, violentes pluies, grandes bourrasques, et une sorte de houle à la surface du Danube.

Les deux compagnons s'estimèrent heureux de trouver abri dans une auberge du quai. Cela n'empêcha point Ilia Krusch d'aller visiter la petite ville. Il proposa même à M. Jaeger de l'accompagner. Mais celui-ci préféra rester à l'auberge, ou s'il en sortit, ce fut uniquement pour se promener sur la rive, toujours attiré par le mouvement de transport qui s'effectuait sur le fleuve.

Il va sans dire que si le déjeuner avait été pris dans l'auberge par M. Jaeger et Ilia Krusch, ils se réunirent à la même table pour le dîner, dont le prix fut réglé par le premier, ce qui lui valut les remerciements du second. La pluie, après s'être un peu calmée l'après-midi, avait repris de plus belle dans la soirée. Aussi M. Jaeger décida-t-il de retenir une chambre pour la nuit à l'auberge. Mais, il fut seul à l'occuper. Malgré ses instances, Ilia Krusch tint à retourner dans son embarcation.

«Sous mon tôt, dit-il, je ne crains ni le vent ni les averses, et je ne veux pas laisser mon bateau seul pendant la nuit.

— Alors, à demain matin, monsieur Krusch, dit M. Jaeger.

— De bonne heure, répondit Ilia Krusch, car nous partirons dès l'aube...

— Si le temps le permet...

— Il le permettra, monsieur Jaeger! Croyez-en un vieux pratique du fleuve!»

Et le vieux pratique n'avait point fait erreur. Les rafales continuèrent pendant la moitié de la nuit sous la poussée du vent d'ouest. Mais il vint à tourner au nord, et, lorsque les premières lueurs reparurent à l'horizon, le ciel était entièrement dégagé sur la gauche du fleuve.

M. Jaeger arriva de grand matin, au moment

où Ilia Krusch faisait la toilette de sa barge et la vidait de l'eau de pluie accumulée dans ses fonds.

«Vous aviez raison, lui dit M. Jaeger, et voici le ciel au beau.

— Et très favorable à la pêche, répondit Ilia Krusch. Ça va mordre ferme!»

Un quart d'heure après, l'embarcation débordait du quai, et, cette fois, au lieu de rallier la rive gauche, elle traversait le fleuve, qui ne mesurait pas plus de (...) et descendait le courant le long de la rive droite. Étant donné la direction du vent, les conditions y seraient plus favorables.

La direction du Danube depuis Ulm est d'une façon générale tracée du sud-est au nord-ouest. Après s'être un peu redressé entre Neubourg et Ingolstadt, il remonte et vient atteindre son plus haut point en latitude à la ville de Ratisbonne. Cette ville n'est séparée d'Ingolstadt que d'une centaine de kilomètres, et il n'était pas impossible que la barge n'y fût rendue dans cette soirée du 7 mai.

Ainsi que l'avait annoncé Ilia Krusch, la pêche fut heureuse. Avec son expérience consommée, il sut varier à propos les amorces, tantôt des moucherons pour la truite, le chevesne, le goujon, tantôt la boulette de viande pour le barbeau, tantôt la limace pour les anguilles, tantôt le têtard pour le brochet.

Il suit de là que, dans la matinée, l'épuisette

ramena à bord une quarantaine de ces divers poissons, et à peu près la même quantité dans l'après-midi. Et peut-être la vitesse de la barge avait-elle nui à la pêche. Le courant descendait avec une certaine rapidité. C'est ce qui permit de franchir les vingt-cinq lieues en quarante-huit heures. Mais il était déjà tard, plus de neuf heures du soir, lorsque Ilia Krusch s'arrêta au pont de Ratisbonne.

Il convint donc de remettre au lendemain la vente du poisson. Du reste, Ilia Krusch ne comptait point passer la journée du 8 tout entière dans cette ville. Il l'avait visitée plusieurs fois, et, pensait-il, mieux valait ne pas s'attarder sans motif sérieux. Mais s'il ne tenait pas à parcourir Rastibonne, M. Jaeger, lui, y tenait, paraît-il, car il proposa à son compagnon d'y séjourner pendant vingt-quatre heures.

« Puisque l'occasion s'en présente, dit-il, je ne serais pas fâché de consacrer à cette ville la journée de demain. J'en profiterai pour régler quelques affaires, ce qui m'évitera d'y revenir, et si vous n'y voyez pas d'inconvénient, monsieur Krusch...

— Aucun, monsieur Jaeger, si ce n'est d'être un peu retardé... Mais du moment que cela peut vous obliger...

— Je vous remercie, monsieur Krusch, et il ne nous reste plus qu'à nous souhaiter réciproquement la bonne nuit. »

Cela dit, après avoir soupé, après avoir fumé une pipe, tous deux, à demi déshabillés, s'étendirent sous le tôt, et rien n'avait troublé leur sommeil lorsque le soleil levant mit une pointe de feu sur le pignon aigu de la cathédrale de la Gesandtenstrasse [1].

Il est opportun de noter que, depuis son départ d'Ulm, le lauréat de la Ligne danubienne n'avait plus retrouvé l'accueil enthousiaste dont il fut honoré dans la cité badoise. Comment se faisait-il qu'un personnage si célèbre pût passer incognito entre les rives du fleuve ? Ainsi, ni à Neubourg ni à Ingolstadt, aucun rassemblement de curieux, aucun guetteur sur les berges, chargé de signaler l'arrivée d'Ilia Krusch ?...

Et, pourtant, les journaux d'Ulm avaient annoncé son départ dans la matinée du 7 mai. D'ailleurs, on ignorait qu'il ne fut plus seul à descendre le Danube. Au moment où les curieux étaient arrivés pour saluer son départ, la barge avait déjà quitté la berge, et son compagnon avait évité de se laisser voir. Sans cela, que de racontars !... Quel était ce personnage ?... Dans quelles conditions Ilia Krusch avait-il consenti à se l'adjoindre ?... Et le journal d'Ulm s'en fût aussitôt mêlé... Et le fait eût été reproduit par les journaux allemands, autrichiens, hongrois, avec des commentaires plus ou moins

1. Rue des Ambassadeurs.

justes. Mais, ce qu'il y eut de singulier, c'est que, à partir de ce moment, les nouvelles firent défaut. On ne semblait plus savoir ce qu'était devenu le héros tant acclamé jusqu'à ce jour. Et c'est ainsi qu'il passa inaperçu à Neubourg, à Ingolstadt, et que personne n'observa son passage devant les bourgades et villages des deux rives.

Du reste, pas plus à Ratisbonne qu'ailleurs, Ilia Krusch ne chercha à faire montre de sa personne. Nul doute qu'il ne préférât l'incognito et qu'il en fût de même pour M. Jaeger. Il suffirait à son compagnon de faire constater sa présence aux bouches du Danube pour qu'il eût tout le mérite et aussi tout le profit de son original voyage.

Il était probable que personne ne remarquerait cette modeste embarcation au milieu des nombreux chalands amarrés au quai de Ratisbonne. La batellerie y est très active. L'eau commence à devenir profonde en cette partie du fleuve que la Naab et le Regen alimentent largement à la hauteur de la ville, et des bateaux de deux cents tonnes peuvent naviguer sans peine.

Quant à la barge, Ilia Krusch l'avait halée sous la première des quinze arches du pont qui réunit les deux rives, — le plus long de toute l'Allemagne, un pont de trois cent soixante pieds, appuyé sur deux îles, et qui fut construit vers le milieu du douzième siècle.

Il était donc à penser que les habitants de cette cité, qui, pendant cinquante ans, fut le siège de la diète impériale, apprendraient trop tard qu'après Charlemagne et Napoléon le lauréat de la Ligne danubienne avait été leur hôte pendant vingt-quatre heures au cours de son voyage.

VI

De Ratisbonne à Passau

Le lendemain, au jour naissant, M. Jaeger, le premier des deux, se dégagea du tôt, fit ses ablutions avec l'eau fraîche du fleuve, rajusta ses vêtements, et, coiffé de son chapeau à larges bords, se campa debout à l'arrière de l'embarcation.

De là, en amont et en aval de l'arche, ses regards observèrent tour à tour les bateaux en marche comme ceux qui étaient encore amarrés aux quais des deux rives. Ce spectacle semblait l'intéresser vivement. Il suivait des yeux les préparatifs de départ qui se faisaient çà et là, des voiles se hissant, des cheminées de remorqueurs empanachées de fumées noirâtres. Mais ce qui attirait surtout son attention, c'étaient les chalands qui descendaient ou se préparaient à descendre le Danube.

Pendant une dizaine de minutes, M. Jaeger resta ainsi en observation. À ce moment, il fut rejoint par Ilia Krusch qui sortait du tôt.

«Eh bien! comment avez-vous dormi? lui demanda son compagnon.

— Aussi profondément que vous, monsieur Krusch, et tout comme si j'avais passé la nuit dans la meilleure chambre du meilleur hôtel. Et, maintenant, je vais prendre congé de vous jusqu'au souper, car je reviendrai avant le soir.

— À votre aise, monsieur Jaeger, et tandis que vous irez à vos affaires, je vais aller vendre notre pêche au marché de Ratisbonne.

— Le plus cher possible, monsieur Krusch, recommanda M. Jaeger, car c'est à mon profit...

— Le plus cher possible, en effet. Mais, je le crains, vous aurez quelque peine à regagner la totalité de vos cinq cents florins...

— Ce n'est pas mon avis», se contenta de répondre M. Jaeger.

La barge fut alors halée près du quai, et il débarqua, après avoir pris congé de M. Krusch.

Il était évident que M. Jaeger connaissait la ville, car il n'hésita pas sur la direction à suivre pour gagner le quartier du centre. À peu de distance du pont, il se trouva en face du Dom, la cathédrale aux tours inachevées, et dont il ne regarda que d'un œil distrait le curieux portail qui est de la fin du quinzième siècle. Il s'engagea à travers les rues silencieuses de cette cité bruyante autrefois, encore flanquée çà et là de donjons féodaux de dix étages, et que n'anime plus guère une population tombée à vingt-six mille âmes. Assurément, il n'irait pas admirer, au palais du prince de Tour et Taxis, la chapelle gothique et le cloître ogival, pas plus que la bibliothèque de pipes, qui faisaient partie de cet ancien couvent. Il ne visiterait pas davantage le Rathaus, l'hôtel de ville, siège jadis de la diète, dont la salle est ornée de vieilles tentures, et où la chambre de tortures, avec ses divers appareils, est montrée non sans orgueil par le concierge de l'endroit. Il ne dépenserait pas un trinkgeld, le pourboire allemand, à payer les services d'un cicérone. Il n'eut besoin de personne pour se rendre à l'hôtel du Dampfschiffshof[1], en suivant des rues dont les maisons sont sculptées sur leurs façades des armes de la noblesse impériale.

Lorsqu'il eut franchi le seuil de l'hôtel, M. Jaeger vint s'asseoir à une table du parloir et demanda les journaux de la ville et les feuilles étrangères. Cette lecture lui prit une heure, et après avoir prévenu qu'il reviendrait déjeuner, il quitta l'hôtel sans avoir donné son nom, ce qui n'était pas exigé d'ailleurs, puisqu'il n'y devait pas séjourner.

Si Ilia Krusch eut suivi son compagnon pendant cette matinée, il l'aurait vu se rendre tout droit au bureau de poste. Là, M. Jaeger

---

1. Le nom allemand signifie déjà « Hôtel du bateau à vapeur ».

demanda s'il y avait des lettres poste restante aux initiales X.K.Z.[1].

Deux lettres attendaient depuis plusieurs jours, l'une datée de Belgrade, avec le timbre serbe, l'autre datée d'Ismaïl, ville moldave à l'embouchure du Danube.

M. Jaeger prit ces lettres, les lut attentivement sans que son visage décelât le moindre sentiment, et il les remit dans sa poche, après les avoir réintroduites à l'intérieur de leur enveloppe.

Cela fait, il se préparait à quitter le bureau lorsqu'un homme, assez vulgairement vêtu, l'accosta sur la porte.

Cet homme et lui se connaissaient, car un geste arrêta le nouveau venu, au moment où il allait prendre la parole.

Ce geste signifiait évidemment : « Pas ici... on pourrait nous entendre. »

Tous deux sortirent, marchant l'un près de l'autre vers la place voisine.

Là, les passants ne pourraient les gêner. Il leur serait loisible de s'entretenir en toute sécurité, et c'est ce qu'ils firent pendant une dizaine de minutes. M. Jaeger prit même une des lettres qu'il venait de retirer, et en fit lire quelques lignes à son interlocuteur.

---

1. On retrouve avec surprise les mêmes initiales de l'homme masqué (William J. Hypperbone) du *Testament d'un excentrique*, écrit en 1897.

Et, s'il eut été là, Ilia Krusch l'eût entendu dire :

« Ainsi le bateau signalé est arrivé à Nicopoli ?...

— Oui, mais on a eu beau chercher, rien trouvé...

— C'est bon. Tu retournes à Belgrade ?...

— Oui.

— Il y a apparence que j'y serai dans trois ou quatre semaines.

— Dois-je vous y attendre ?...

— Sans doute... à moins que tu ne reçoives contre-ordre d'ici là. »

Et comme ils allaient prendre congé l'un de l'autre :

« Tu as entendu parler d'un certain Ilia Krusch ?... demanda M. Jaeger.

— Ce pêcheur qui s'est engagé à descendre le Danube la ligne à la main ?...

— Précisément. Eh bien, quand il arrivera à Belgrade ou ailleurs, si je suis avec lui, n'aie pas l'air de me connaître. »

Et là-dessus, ils se séparèrent; l'homme s'enfonça vers le haut quartier de la ville, tandis que M. Jaeger prenait une rue qui devait le ramener à l'hôtel du Dampfschiffshof.

Il était l'heure de déjeuner. Mais avant de prendre place à la table commune, M. Jaeger rentra dans le parloir, y écrivit deux lettres, en réponse sans doute à celles qu'il avait reçues;

puis, après avoir été les déposer à la boîte la plus voisine, il s'assit pour le déjeuner.

Cinq ou six convives étaient à leur place, causant de choses et d'autres. Mais, s'il mangea de grand appétit, et plus copieusement qu'il ne l'eût fait avec les provisions de la barge, M. Jaeger ne se mêla point à la conversation. Il écoutait, cependant, en homme qui paraissait avoir l'habitude de prêter oreille à tout ce qui se disait autour de lui. Et, ce qui le frappa plus particulièrement, ce fut lorsque l'un des convives dit à son voisin :

« Eh bien, ce fameux Latzko, on n'en a donc pas de nouvelles ?...

— Pas plus que du fameux Krusch, répondit l'autre. On attendait son passage à Ratisbonne, et il n'a pas encore été signalé...

— En effet, c'est singulier...

— À moins que Krusch et Latzko ne fassent qu'un...

— Vous voulez rire ?...

— Eh ! ma foi, qui sait ?... »

En entendant ces propos, sans importance, à coup sûr, ce qu'on appelle des propos en l'air, M. Jaeger avait vivement relevé la tête. Mais il eut comme un imperceptible mouvement d'épaule, et acheva son déjeuner sans avoir prononcé une parole.

Vers midi et demi, M. Jaeger, ayant réglé sa note à l'hôtel, s'engageait à travers les rues qui redescendent vers le quai. De visiter les hauts quartiers de la ville, il se souciait peu sans doute, et il paraissait plutôt attiré par le mouvement fluvial qui est assez considérable à Ratisbonne. Il est rare, cependant, que les étrangers négligent de parcourir le faubourg de Stadt-am-Hof, annexe de la cité. Mais ce ne fut point pour attirer M. Jaeger, et il revint vers la rive.

Arrivé en cet endroit, au lieu de rejoindre Ilia Krusch, qui, sa vente effectuée, devait être dans la barge, il prit par le pont, et se transporta sur la rive droite du fleuve.

Là étaient amarrés un certain nombre de chalands, dont quelques-uns se disposaient à partir. Plusieurs même, à la file les uns des autres, prirent la remorque d'un remorqueur, et continuèrent leur navigation vers le haut cours du Danube.

Mais il ne semblait pas que ceux-ci dussent intéresser M. Jaeger. Les bateaux qu'il observait toujours avec une extrême attention, c'étaient ceux qui étaient à destination du bas cours.

Il y en avait là une demi-douzaine d'une contenance à pouvoir porter une centaine de tonnes. C'est tout au plus s'ils calaient trois ou quatre pieds, ce qui leur rendait accessibles même les passes les moins profondes, étroitement resserrées parfois entre les îles et les rives.

M. Jaeger resta là deux grandes heures, observant ce qui se faisait à bord de ces chalands, les chargeurs qui apportaient de nouveaux colis pour compléter la cargaison, les derniers préparatifs de ceux qui allaient quitter Ratisbonne dans l'après-midi.

Du reste, le va-et-vient était assez animé sur le quai, et, sans parler des auxiliaires de la batellerie, nombre de curieux allaient et venaient.

Parmi ces spectateurs, il s'en trouvait quelques-uns qui n'avaient point été amenés là par un simple sentiment de curiosité. On reconnaissait facilement au milieu des groupes certains agents de la police des douanes. M. Jaeger ne s'y trompa point. Il ne pouvait ignorer d'ailleurs que, depuis la réunion de la commission internationale, les plus sévères mesures avaient été décidées pour assurer la surveillance du Danube sur tout son parcours. Pas un bateau qui ne fût visité, soit pendant ses relâches aux villes ou bourgades riveraines, soit en navigation, par les agents dont les embarcations circulaient jour et nuit sur le fleuve.

Dans tous les cas, ce ne fut ni ce jour-là, ni en cet endroit que l'on put mettre la main sur cet imprenable Latzko, et cette grosse affaire de contrebande n'avait point fait un pas, lorsque M. Jaeger quitta la berge.

Une fois sur le pont, il ne marcha plus qu'avec une extrême lenteur, s'arrêtant lorsque quelque chaland s'engageait sous les arches centrales, sans relâcher à Ratisbonne. Ses regards allaient incessamment depuis le premier tournant du fleuve jusqu'au dernier, et il ne prêtait guère attention aux gens qui passaient près de lui.

Mais, à un moment, voici qu'une main se posa sur son épaule, et il s'entendit interpeller de la sorte :

«Eh, monsieur Jaeger, il faut croire que tout cela vous intéresse...»

M. Jaeger se retourna, et vit en face de lui Ilia Krusch qui le regardait en souriant.

«Oui, répondit-il, tout ce mouvement du fleuve est curieux !... Je ne me lasse pas de l'observer.

— Eh, monsieur Jaeger, dit Ilia Krusch, cela vous intéressera davantage, lorsque nous serons sur le bas cours du fleuve !... Les bateaux y sont plus nombreux !... Attendez que nous soyons aux Portes de Fer... Les connaissez-vous ?...

— Non, répondit M. Jaeger.

— Eh bien, déclara Ilia Krusch, il faut avoir vu cela !... Et s'il n'y a pas au monde de plus beau fleuve que le Danube, il n'y a pas sur tout le cours du Danube un plus bel endroit que les Portes de Fer !...»

Décidément, ce digne pêcheur à la ligne était un enthousiaste admirateur de son fleuve, et, toutes les fois que l'occasion se présentait, il en faisait un éloge auquel son compagnon adhérait volontiers. Mais, au fond, peut-être le Danube intéressait-il moins M. Jaeger comme fleuve que comme «chemin qui marche» pour employer une locution très connue depuis X...[1]

Cependant, le soleil déclinait vers l'amont. La grosse montre d'Ilia Krusch marquait près de six heures et il dit :

«J'étais en bas dans la barge, lorsque je vous ai aperçu sur le pont, monsieur Jaeger... Aux signes que je vous faisais, vous n'avez pas répondu... Alors je suis venu vous trouver... Vous savez, nous partirons demain matin de très bonne heure, si vous voulez prendre votre part du souper?...

— Volontiers, monsieur Krusch, et je vous suis.»

Tous deux descendirent vers la rive gauche pour gagner le point de la berge où avait accosté l'embarcation, et comme ils tournaient l'extrémité du pont, M. Jaeger de dire :

«Et la vente... la vente de notre poisson, monsieur Krusch?... Êtes-vous satisfait?...

— Médiocrement, monsieur Jaeger... La marchandise abonde en ce moment, et le marché de Ratisbonne était très approvisionné... Peut-être en tirerons-nous meilleur profit à Passau, à Lintz, à Presbourg...

— Oh! je ne suis pas inquiet, déclara M. Jaeger... Je vous le répète, je n'y perdrai pas, au

1. Depuis Pascal («Les rivières sont des chemins qui marchent...»), *Pensées*, 17.

contraire... et le prix que j'ai acheté votre pêche sera doublé avant notre arrivée à l'embouchure du fleuve ! »

Un quart d'heure plus tard, M. Jaeger et Ilia Krusch soupaient tranquillement à l'arrière de la barge. Puis, ce repas terminé, ils s'étendirent dans le tôt l'un près de l'autre. Abrités sous la première arche du pont, ils n'avaient rien à craindre si le temps se mettait à la pluie, et, de fait, ils n'entendirent même pas qu'elle tomba en grosses gouttes pendant une partie de la nuit.

À cinq heures et demie du matin, l'embarcation était déjà à trois quarts de lieues de Ratisbonne, en longeant la rive droite où l'action du courant se faisait plus rapidement sentir. La ligne rapporta des gardons blancs et des gardons rouges, ces derniers n'ayant pas encore regagné les fonds caillouteux ou herbeux où se rencontrent les eaux plus fraîches qu'ils recherchent de préférence.

Du reste, Ilia Krusch s'était outillé en vue de cette pêche, et le voici, disant à son compagnon :

« Voyez-vous, monsieur Jaeger, j'ai amorcé mes petits hameçons avec du blé cuit aromatisé d'assafœtida !... Ils aiment cela, ces poissons... Chacun son goût, n'est-il pas vrai ? L'hiver, j'aurais amorcé avec du pain desséché, trempé de sang frais... Mais nous sommes en mai depuis une semaine et il faut offrir aux gardons ce qu'ils préfèrent... Sans doute, on les prend mieux, lorsque la flotte reste immobile, car ils ont la bouche droite et mordent vite... Néanmoins, j'espère réussir à en pêcher quelques douzaines, qui se vendront bien, je l'espère aussi... Soyez certain que je ne négligerai rien de ce qui peut vous profiter, monsieur Jaeger...

— Je le sais, monsieur Krusch, car vous êtes le plus honnête homme du monde... Mais ne vous tourmentez pas, et laissons aller les choses ! »

Ilia Krusch ne s'était point trop avancé, et pendant cette matinée, son épuisette ramena une quarantaine de gardons qu'il avait ferrés d'un coup vif, et sans y mettre trop de force.

Le produit de la pêche de cette journée fut assez rémunérateur. Et, en vérité, Ilia Krusch s'en montrait tout heureux. Il aurait été très chagriné que M. Jaeger eût fait un marché désavantageux, et d'autant plus que depuis qu'ils vivaient de cette existence commune, avec sa nature bonne et sensible, il ressentait une vive amitié pour son compagnon, et celui-ci n'était pas sans s'en apercevoir.

En aval de Ratisbonne, les rives présentent des aspects très différents. Sur la droite se succèdent de fertiles plaines à perte de vue, une riche et productive campagne, où ne manquent ni les fermes ni les villages. Nombre de bateaux viennent charger de ce côté, et il n'était pas impossible que la contrebande se fît activement par le sud du Danube. Aussi, du moins dans la traver-

sée de la Bavière, cette rive était-elle très surveillée, et les agents de Karl Dragoch, le chef de
police, devaient-ils incessamment la parcourir.

Sur la gauche se massent des forêts profondes,
s'étagent des collines en direction du Rohmer
Wald. En passant, M. Jaeger et Ilia Krusch aper-
çurent au-dessus de la bourgade de Donaustauf
le palais d'été des princes de Tour et Taxis et le
vieux château épiscopal de Ratisbonne ; puis, au-
delà, sur le Salvatorberg, apparut une sorte de
Parthénon, égaré sous le ciel bavarois qui n'est
point celui de l'Attique, et dont la construction
est due au roi Louis. C'est aussi un musée où
figurent les bustes des héros de la Germanie,
mais moins admiré à l'intérieur qu'il ne l'est à
l'extérieur pour ses belles dispositions architecturales. S'il ne vaut pas le Parthénon d'Athènes,
il l'emporte sur le Parthénon dont les Écossais
ont décoré une des collines d'Édimbourg, la
Vieille Enfumée.

Le courant entraînait alors la barge du côté
de la droite, le long des îles ombragées de beaux
arbres. Le fleuve dessinait là des courbes multiples, qui ramenaient longtemps le même point
de vue devant les regards. Ilia Krusch eut l'occasion de s'arrêter à Straubing, autant pour
vendre sa pêche dans les conditions ordinaires
que pour renouveler ses provisions. Après avoir
dépassé l'embouchure de l'Isar, un des affluents
de la rive gauche, il relâcha pour la nuit devant

la bourgade de Deggendorf, où le Danube, alors large de douze cents pieds, est traversé par un pont de vingt-six arches — onze de plus que celui de Ratisbonne ; mais il est en bois, il est même démontable, et, chaque année, on l'enlève, car il risquerait d'être emporté par la débâcle à la fin de l'hiver. Puis, on le rétablit, et les nombreux pèlerins qui viennent en procession dans ce pays où l'on conserve pieusement les légendes religieuses, à Ober-Altaich, à la vieille église du Bogenberg, à Deggendorf, de miraculeuse mémoire, trouvent communication entre les deux rives du fleuve.

Ce qu'Ilia Krusch eut à remarquer, bien qu'il ne songeât point à s'en étonner autrement, c'est que, dans les principales bourgades, parfois même dans les plus modestes villages, M. Jaeger rencontrait des personnes de connaissance. Quelques individus, sans doute des habitants, venaient et échangeaient quelques paroles avec lui. Il ne négligeait pas non plus de se rendre au bureau de poste, où l'attendaient presque toujours des lettres à son adresse.

« Eh ! lui dit-il un jour, vous avez donc des relations un peu partout, monsieur Jaeger ?...

— En effet, monsieur Krusch... Cela tient à ce que j'ai souvent parcouru ces contrées riveraines du Danube.

— En curieux, monsieur Jaeger ? », demanda Ilia Krusch, auquel son compagnon n'avait point fait encore de confidences — ce dont il ne se préoccupait guère d'ailleurs. Peut-être même pensa-t-il que sa question ne laissait pas d'être un peu indiscrète.

Il n'en était rien, assurément, car M. Jaeger lui répondit aussitôt :

«Non, ce n'est point en curieux que je visitais ces contrées, monsieur Krusch. Je voyageais pour le compte d'une maison de commerce de Pest, et, à ce métier-là, vous le savez, non seulement on voit du pays, mais on se crée des relations avec beaucoup de monde.»

Il n'en fallait pas plus pour satisfaire Ilia Krusch, qui ne se fût jamais permis un soupçon à l'égard de M. Jaeger.

En approchant de Passau, la rive droite se montrait moins plate qu'au sortir de Ratisbonne. Sur la campagne se dessinaient les premières ramifications des Alpes rhétiques. Le Danube se resserre alors dans une vallée plus étroite. Ce parcours est délicieux pour un touriste et justifie l'empressement qu'on met à le visiter. Les eaux du Danube n'y mènent plus un cours tranquille et régulier. Autrefois, il s'y formait des rapides assez dangereux, et il n'était pas rare que la batellerie y éprouvât de graves dommages. En effet, c'est à cette hauteur que les roches apparaissent dans le lit du fleuve, et, s'y précipitant en grand tumulte, le courant ne permettait que très malaisément d'éviter ces écueils. Par les grandes crues, les difficultés étaient moindres; mais, à l'étiage normal, la navigation ne laissait pas d'être périlleuse.

Maintenant, les dangers sont moins grands. On a fait sauter à la mine les plus gênantes de ces roches qui s'échelonnaient d'une rive à l'autre. Les rapides ont perdu de leur violence; les remous n'attirent plus les bateaux dans leurs tourbillons; la surface du fleuve est relativement calme, et le nombre des catastrophes a diminué.

Cependant, il y a encore quelques précautions à prendre, autant pour les grands chalands que pour les petites embarcations. Mais cela n'était pas pour embarrasser Ilia Krusch. M. Jaeger ne pouvait qu'être satisfait de la manière dont il conduisait la barge. Si elle déviait, un coup de godille l'avait promptement remise en bonne direction, et Ilia Krusch manœuvrait avec une remarquable sûreté d'œil et de main.

C'était le 9 mai au matin que M. Jaeger et lui avaient quitté Ratisbonne. Ce fut le matin du 11 mai, à cent quarante kilomètres de là, après une nuit passée près de la rive gauche, qu'ils atteignirent la bourgade de Vils. Ils ne se trouvaient plus qu'à une heure de Passau, la dernière ville bavaroise de la rive droite.

Deux heures, le soleil levé, furent consacrées à la pêche, qui donna quelques douzaines de chevesnes, de carpes, de gardons, de barbeaux. En y ajoutant le poisson pris la veille, et qui n'avait pas été vendu, la relâche s'étant (faite) en un endroit désert, la marchandise, à moins que le marché de Passau ne fût pas trop fourni, se vendrait dans de bonnes conditions.

Il n'y eut pas lieu d'aller jusqu'au marché. Cette fois, l'arrivée d'Ilia Krusch était attendue ce jour-là, et une note parue dans les journaux du matin l'avait annoncée. On avait enfin retrouvé les traces d'Ilia Krusch !

En effet, une cinquantaine de curieux accouraient pour saluer la barge de leurs acclamations. Et alors M. Jaeger de s'écrier :

« Eh ! Vous ne passerez pas incognito, monsieur Krusch, et vous ne manquerez pas d'acheteurs ! Songez donc, le poisson du lauréat de la Ligne danubienne ! Vous comprenez, j'ai un peu spéculé là-dessus, c'est ce qui fait que je gagnerai sur vous, et vous allez vendre au poids de l'or vos barbeaux, vos carpes, vos gardons et vos chevesnes ! Mais, je n'aime guère ces bruyants concours de monde ; je n'ai point droit à ces hommages, et je vais vous laisser à vos admirateurs ! »

Aussi, cela dit, M. Jaeger sauta-t-il à terre dès que la barge eut accosté. La vérité est que tous les regards allaient à Ilia Krusch, et personne ne remarqua que le triomphateur eut un compagnon de voyage.

VII

De Passau à Lintz

Il est bien évident qu'une ville située sur la rive droite du Danube, au confluent de deux rivières non des moindres, qui lui apportent leurs tributs, l'Ils, alimentée par les montagnes de la Bohème, l'Inn, emplie par les montagnes du Tyrol, ne doit pas manquer de poisson d'eau douce. Si jamais la Société de la Ligne danubienne cherche un vaste réseau hydrographique pour réunir en un concours plusieurs milliers de pêcheurs, son président M. Miclesco n'aura qu'à désigner la Batava Castra des Anciens. Si les mandements des évêques de Passau, auxquels appartient encore le titre d'archevêque de Lorch, prêchent l'observation du maigre chaque vendredi ou veille de grandes fêtes carillonnées, les fidèles seraient impardonnables de ne point se conformer aux commandements de l'Église — ceux qui sont catholiques, s'entend. Donc, que le marché au poisson soit toujours largement approvisionné de brochets, de carpes, de barbeaux, de goujons, de brèmes, de chevesnes, cela ne saurait étonner. Il n'attend pas après les arrivages du dehors, et trouve dans les trois cours d'eau plus qu'il ne faut pour satisfaire aux besoins des amateurs.

Il est donc probable que si Ilia Krusch était venu offrir son poisson aux ménagères de Passau, sans que son incognito eût été trahi, eût-il parcouru les divers quartiers de la ville, se fût-il même résigné à monter les deux cent quarante marches de l'escalier de la Mariahilf, bâtie sur sa haute colline, pour vendre sa marchandise aux nombreux pèlerins qui récitent une oraison par chaque degré, il n'aurait pas pu, même à vil prix, se faire acheter même une ablette.

Mais l'arrivée d'Ilia Krusch à Passau était connue, et ce serait tout profit pour lui — ou plutôt pour M. Jaeger — au point de vue de la vente.

Au surplus, Ilia Krusch et son compagnon avaient décidé qu'ils passeraient la journée à Passau. Ce n'est pas que M. Jaeger eût l'intention de visiter la ville. Si sa situation la rend des plus pittoresques, elle ne possède pas, à vrai dire, un seul monument qui mérite d'attirer les touristes. D'ailleurs, M. Jaeger la connaissait, et s'il ne voyageait plus pour le compte de la maison de Pest, il paraît qu'il y avait à faire. Ilia Krusch et lui ne se reverraient qu'à l'heure du souper qui ne précédait que de très peu l'heure du coucher. Ilia Krusch aurait donc tout le temps de s'abandonner à l'enthousiaste accueil qui l'attendait. Et sur les douze mille habitants que comptait alors la ville, la moitié tout au moins voudrait lui rendre hommage.

En effet, l'empressement croissait. Ils étaient déjà plusieurs centaines de Passaviens. Il n'en manquait pas un de ceux qui appartenaient à la Ligne danubienne, heureux de pouvoir acclamer le lauréat du concours qui allait détenir le record des pêcheurs à la ligne.

Aussi, tout d'abord, ne savait-il auquel entendre. Les uns voulaient l'entraîner au palais municipal, puis lui offrir le vin d'honneur et si le brave homme devait boire, ne fût-ce qu'une goutte de chacun de ceux qui figurent à la carte des hôtels, on l'eût ramené dans un état de complète ébriété. Un voyageur n'a-t-il pas relevé cent quatre-vingts crus différents « depuis l'Affenthaler badois à quarante-huit kreutzers la bouteille jusqu'au Schloss-Johannisberg à neuf florins » ? Or, cent quatre-vingts gouttes, il n'en aurait pas fallu davantage à Ilia Krusch pour lui enlever l'usage de sa raison et de ses jambes !

Il en était d'autres, parmi ces fanatiques, qui s'obstinaient à l'entraîner au château d'Oberhaus, vaniteusement campé sur sa colline, au pied de laquelle, à cent vingt mètres au-dessous, viennent se confondre les eaux des trois grandes artères.

D'autres auraient voulu le promener, — l'exhiber serait un mot plus juste, — à travers les trois faubourgs de la cité avec accompagnements de clairons et de tambours.

D'autres enfin ne consentiraient pas à le laisser quitter Passau, sans avoir visité la vallée de l'Inn, merveilleuse en cette contrée bavaroise qui en compte de si belles!

En vérité, Ilia Krusch, sa vente terminée, n'aurait plus que le désir d'échapper à ce débordement d'enthousiasme, et il maudissait l'indiscret, quel qu'il fût, dont l'indiscrétion l'avait exposé à cette manifestation populaire. Et toute une journée à passer dans ces conditions, lui si réfractaire à tout le bruit dont le monde entoure les triomphateurs! Assurément, s'il n'avait été convenu de remettre le départ au lendemain, s'il n'eût été dans l'obligation d'attendre le retour de son compagnon, il aurait largué son amarre, il l'aurait coupée au besoin, et la barge, lancée dans le courant, il se fût promptement dérobé.

Il était à peine neuf heures. Tiraillé au milieu de cette foule, hommes, femmes, enfants, toutes ces invitations l'assourdissaient, étant aussi bruyantes qu'impérieuses.

« Par ici, monsieur Krusch...

— C'est à l'Hôtel de Ville que nous allons vous conduire...

— Venez au château d'Oberhaus!...

— Non... à la Mariahilf!...

— À nous, Ilia Krusch !...

— À nous, le lauréat de la Ligne danubienne ! »

Et des discussions s'engageaient, des querelles s'y joignaient, on en venait aux mains, et le héros ne sortirait pas de l'aventure sans y laisser quelques lambeaux de ses vêtements.

Puis, voici les cloches de l'église qui sonnent en son honneur, et des boîtes d'éclater, des pétards de croiser leurs fusées au-dessus de sa tête... Et les agents de la police seraient contraints d'en venir aux arrestations pour dégager l'infortuné chevalier de la gaule !

Une circonstance sur laquelle Ilia Krusch ne pouvait compter, vint à se produire en ce moment et fort à propos.

Un homme, fendant la foule, venait de s'approcher, et, aidé par les agents, il le tirait à l'écart et lui disait :

« De la part de M. Jaeger... si vous voulez partir à l'instant, il vous rejoindra au-dessous de la ville ! »

Comment si Ilia Krusch le voulait !... Il ne demandait que cela. Qu'il ne connût pas cet homme, peu importait. Cet homme avait prononcé le nom de M. Jaeger, et cela suffisait.

Et alors, la police aidant, il parvint à se dégager à l'instant où les uns s'obstinaient à l'entraîner vers l'Oberhaus, les autres vers la Mariahilf.

Cela ne faisait point l'affaire de ses admirateurs, et, sans l'arrivée d'un renfort de police, on ne sait trop ce qui se serait passé. Mais enfin aucune loi n'autorise à retenir un citoyen malgré lui, même sur la frontière de la Bavière et de l'Autriche ; il fallait que force demeurât à l'autorité, dût-on faire appel à l'armée bavaroise.

La police opéra donc avec vigueur, et Ilia Krusch, escorté d'agents, comme un vulgaire malfaiteur, descendit vers l'endroit où la barge était amarrée. Les curieux durent se résigner à le laisser continuer son voyage. La Hongrie eût certainement réclamé en faveur d'un de ses nationaux, et décidément le roi de Bavière n'aurait jamais voulu soulever un *casus belli* à propos d'un Hongrois contre lequel ne s'élevait aucune plainte. Ce n'était point un coupable, c'était une victime — la victime de la célébrité.

Enfin, Ilia Krusch prit place dans la barge qu'un vigoureux coup de gaffe repoussa dans le courant.

Nul doute que si le fameux pêcheur Ilia Krusch fût arrivé en voiture, ses partisans en eussent dételé les chevaux... Eh bien, on vit le moment où ils allaient se précipiter dans le Danube pour y remorquer l'embarcation, autant de tritons sinon de naïades escortant la galère triomphale.

Une demi-heure plus tard, Ilia Krusch était

rejoint par M. Jaeger qui l'attendait un peu au-
delà de la ville, et son compagnon lui disait :

« Quand j'ai su ce qui se passait, je vous ai
envoyé cet homme que j'avais rencontré, et
comme rien ne me retenait plus à Passau...

— Vous avez bien fait, monsieur Jaeger, et
vous m'avez tiré d'un fameux ennui !... Ils sont
enragés, ces gens-là !... Mais vous auriez pu venir
vous-même...

— J'avais encore une course à faire, et si vous
aviez tardé à vous remettre en route, je ne sais
trop ce qui serait arrivé...

— Vous avez eu raison, monsieur Jaeger,
répondit Ilia Krusch. Si je n'étais parti, où serais-
je maintenant !...

— Eh ! Prenez garde que cela ne recom-
mence ailleurs... à Lintz... à Presbourg...

— Ne me dites pas cela, monsieur Jaeger !

— Bah ! vous finirez peut-être par vous faire
aux ovations !... »

Ilia Krusch ne s'y ferait jamais, on pouvait l'en
croire sur parole. Et, changeant de conversation :

« Je croyais, monsieur Jaeger, dit-il, que vos
affaires devaient vous retenir toute la journée à
Passau...

— Des affaires ? répondit M. Jaeger. Mais, je
n'en ai point, à proprement parler... Quelques
anciennes connaissances à revoir... Rien de

plus !... Et précisément, cette personne que je vous ai envoyée...

— Sans doute un représentant de la maison de Pest ?...

— Précisément, répondit M. Jaeger, je l'avais rencontré, et je vous le répète, sans une dernière course, je serais revenu... moi-même...

— Et fort à temps, monsieur Jaeger, fort à temps ! », déclara Ilia Krusch, qui n'était point homme à insister davantage.

Cependant, la barge filait avec rapidité, et en se retournant, M. Jaeger et Ilia Krusch pouvaient contempler Passau dans toute sa pittoresque situation.

Cette trentaine de lieues, distance entre Passau et Lintz, la barge ne devait pas mettre plus de trois jours à la franchir. Le Danube, devenu autrichien, se resserrait dans un canal plus étroit au-delà de la frontière. Le courant, dans ces conditions, acquiert une vitesse supérieure dont profitent les bateaux qui descendent vers la capitale autrichienne.

Cependant, en aval de Passau, la rive gauche est encore bavaroise jusqu'à l'embouchure de l'affluent qui a nom Dädelsbach. Au-delà, la navigation s'accomplit à travers un pays charmant, des vallées arrosées de rios qui retombent en cascades, des forêts étagées sur les collines. Une campagne verdoyante s'étend parfois jusqu'à l'horizon fermé par la ligne circulaire du

136

ciel ; les berges sont animées par le va-et-vient des oiseaux aquatiques, hérons ou plongeons.

Et à ce propos, Ilia Krusch de dire que quelquefois ce gibier se prend à la ligne.

« Oui, monsieur Jaeger, il mord à l'hameçon comme un simple chevesne ou un brochet vorace ! Mais ce n'est pas un coup digne d'un pêcheur et aucun prix ne l'en récompenserait dans un concours ! »

Les bords du fleuve s'embellissaient aussi de quelques vieilles ruines qu'un touriste visiterait non sans agrément. Il ne pouvait être question pour Ilia Krusch et son compagnon de s'y attarder. Pendant les trois jours que dura cette partie de leur voyage, en s'arrêtant la nuit, de préférence aux villages où l'arrivée d'Ilia Krusch ne pouvait être connue, ils eurent la vue complète des sites délicieux que présente tour à tour cette traversée de la moyenne Autriche. Telles furent avant Neuhaus les ruines du château d'Hagenbach, que les coudes du fleuve permettent de voir sur tous ses côtés. Telle fut la vallée d'aspect enchanteur qui apparaît à la hauteur de cette bourgade de Neuhaus.

À partir de ce point, la descente de la barge fut un peu moins rapide. Au-delà du bourg d'Aschach, les rives s'abaissaient également. Plus de collines, plus de vallées, une vaste suite de plaines uniformes, laissant le regard indifférent. Mais un grand nombre d'îles encombraient le cours du fleuve.

Malgré les difficultés de la navigation, amoindries du reste depuis les derniers travaux, la barge naviguait en toute sécurité, et la godille la protégeait des chocs et de l'échouage. Décidément, si M. Jaeger connaissait bien ces contrées du haut Danube, Ilia Krusch connaissait non moins bien les détours et les passes du fleuve, et il n'eût pas été embarrassé de diriger un bateau en pleine charge ou un de ces longs trains de bois qui s'en allaient à la dérive.

Depuis Ratisbonne, le Danube coule en direction du sud-est, jusqu'à Lintz, et ce fut un peu en aval de cette ville que la barge s'arrêta dans la soirée du 14 mai.

La pêche n'avait été qu'ordinaire pendant ces trois jours, car le poisson ne mord pas volontiers, lorsque la flotte est entraînée par un courant assez vif. Il faut être brochet stupide et vorace pour se laisser tenter par le carpillon ou le goujon frétillant qui amorcent les hameçons.

« Il est vrai, ainsi que le fit remarquer Ilia Krusch à un moment où, après l'avoir laissé avaler sa proie au lieu de le ferrer rapidement, (il) ramenait à bord un sujet de quinze livres, lorsqu'on possède une mâchoire munie de sept centaines de dents...

— Si nous en avions autant, nous serions peut-être aussi gloutons que lui !... dit M. Jaeger.

138

— Comme vous dites ! », répliqua Ilia Krusch, en approuvant la réponse.

Or, il arriva que ce soir-là, chez un mareyeur dont la maison donnait sur la berge, et qui fournissait le marché de Lintz, la pêche put être convenablement vendue, et cela tout en respectant l'incognito du pêcheur.

On ne s'étonnera donc pas si Ilia Krusch posa à M. Jaeger les questions suivantes :

M. Jaeger connaissait-il Lintz ?...

M. Jaeger connaissait Lintz, l'ayant même habitée quelque temps.

M. Jaeger avait-il affaire à Lintz ?...

M. Jaeger ne voyait aucune raison de séjourner vingt-quatre heures dans ce chef-lieu du Cercle de la Mühl.

M. Jaeger, puisque la pêche était vendue, verrait-il un inconvénient à ce que le départ s'effectuât dès le lendemain à la pointe du jour ?...

M. Jaeger ne voyait aucun inconvénient à cela. La barge se remettrait en marche dès que le voudrait M. Ilia Krusch...

« Ce qui vous épargnera, ajouta-t-il en riant, l'ennui d'être acclamé ou porté en triomphe. Mais ce sont les vingt-trois mille habitants de Lintz qui ne seront pas satisfaits, en apprenant que le célèbre Ilia Krusch s'est abstenu de leur rendre une visite officielle ! »

Cet argument n'était pas pour toucher, on s'en doute, le plus modeste des pêcheurs à la ligne, et il fut convenu que la barge démarrerait avant que les premiers passants eussent paru sur la berge.

Au surplus, Lintz n'a point le privilège d'attirer les touristes, et, par elle-même, la ville n'offre rien de bien curieux. C'est une cité militaire que sa situation en ce point du Danube destinait à être telle. On l'a entourée de fortifications dont le canon moderne aurait peut-être plus facilement raison que ne le pense le gouvernement autrichien, et bien qu'elle soit protégée par trente-deux tours massives, qui peuvent croiser leurs feux — vingt-trois sur la rive droite, neuf sur la rive gauche. C'est, en somme, une sorte de vaste camp retranché que commande la puissante citadelle du Pöstlingberg. Quant aux monuments, ce n'est point les collines qui manquaient pour les placer dans des sites pittoresques, puisque la ville s'étage sur cinq ou six, et ce n'est point le miroir qui leur eût fait défaut pour s'y réfléchir, puisque le fleuve, semé d'îles, traversé d'un pont de bois, s'arrondit à ses pieds comme un lac calme et limpide. Mais, en dehors du vieux château royal, aux murs de briques rouges, destiné à devenir un jour caserne et prison, les richesses architecturales sont rares à Lintz.

Lintz n'est pas commerçante, et, lorsqu'il voyageait pour le compte de la maison de Pest, M. Jaeger y faisait peu d'affaires sans doute.

Dans tous les cas, il ne songea même pas à terminer sa soirée dans un des cafés de la ville, et se promena sur la berge jusqu'à l'heure du coucher.

Le lendemain, à peine s'il faisait jour lorsque l'embarcation se détacha de la rive pour prendre le fil du courant, et, tandis que M. Jaeger restait étendu sous le tôt, Ilia Krusch, sa ligne à la main, se maintenait le long de la berge.

VIII

De Lintz à Vienne

Entre Lintz et Vienne, le Danube compte un certain nombre de villes. Mais pas une n'a l'importance de celles que la barge avait rencontrées jusqu'alors, et ne saurait être comparée à Ratisbonne, à Passau ou à Lintz. Si Ilia Krusch pouvait passer inaperçu, il lui serait difficile à Vienne, sans doute, d'échapper aux désagréments de la célébrité. La Ligne danubienne était représentée dans cette capitale de l'Autriche par un assez grand nombre de membres, et ils voudraient faire honneur au lauréat qui jetait tant d'éclat sur leur association.

Quant à ne s'arrêter qu'une nuit à Vienne, serait-ce possible? Si le grand fleuve ne traverse pas la cité impériale, il s'en rapproche tellement que la distance qui les sépare est franchie en moins de temps qu'il ne faut pour aller d'un faubourg à l'autre. Il y avait tout lieu de croire que M. Jaeger se proposât d'y séjourner vingt-quatre heures. Or, les journaux aidant, la population serait prévenue... Et puis, Ilia Krusch était un honnête homme et si sa pêche devait lui être payée au poids de l'or, il ne pouvait priver M. Jaeger d'un tel bénéfice.

En somme, le mieux était d'attendre. On agirait suivant les circonstances, et la sagesse commandait de remettre à plus tard toute décision.

En sortant de Lintz, le Danube justifie avec une précision mathématique ce que le poète a dit de lui dans ses *Orientales* :

« ... il coule
De l'occident à l'orient. »

Il ne s'écarte au-dessus du quarante-huitième parallèle que pour baigner Krems un peu au nord, d'où il redescend pour porter à la capitale le tribut de ses eaux entre deux rives autrichiennes.

De Lintz à Vienne, le lit du fleuve se dessine sur une longueur de cinquante lieues environ à tenir compte de ses multiples détours, distance qui pourrait être franchie en quatre ou cinq jours, s'il ne surgissait aucun obstacle. Lesquels, d'ailleurs ? Que la navigation d'un grand bateau puisse être entravée, soit par une fausse manœuvre, soit par l'encombrement dans les passes étroites, c'est admissible. Mais une légère embarcation, tirant un pied d'eau à peine et dirigée par un pratique aussi prudent qu'Ilia Krusch, c'était une hypothèse dont il n'y avait pas à se préoccuper.

Une autre cause de retard pour la grande batellerie du Danube, c'était, à cette époque, les sévères et fréquentes visites des agents de la douane. Aucun marinier ne pouvait s'y soustraire, et que de temps perdu à fouiller les cargaisons. Depuis la réunion de la commission internationale à Vienne, la question de la contrebande n'avait pas fait un pas. Qu'elle continuât à s'exercer, pas de doute à ce sujet, non plus que sur les moyens employés par les fraudeurs. Quant à leur chef, ce Latzko, on essayait en vain de se lancer sur ses traces. Il dépistait les plus habiles limiers. On avait aussi des raisons de croire qu'il n'embarquait pas sur les bateaux de contrebande. Mais, d'une retraite inconnue, il devait diriger le mouvement. Ce qui était certain, c'est que tous les chalands visités jusqu'ici l'avaient été inutilement par les agents de la police et de la douane.

Il va de soi que la barge d'Ilia Krusch n'aurait pu être soupçonnée. Et, tout en riant, il disait :

« Eh bien, et moi ?... Est-on sûr que je ne passe pas des marchandises en fraude, et, qu'après les avoir prises du côté de Sigmaringen, je ne les transporte pas à l'embouchure du Danube ?...

— Et qui sait ?... », répondait M. Jaeger sur le même ton.

Au-delà de cette charmante bourgade de Grejn, bâtie sur la rive gauche du fleuve, un violent tumulte d'eaux se fit entendre, comme s'il eût existé un barrage à quelques centaines de toises en aval.

« Ce sont les tourbillons du Strudel, dit Ilia Krusch. Autrefois, ce passage était très dangereux pour la grande batellerie, et il s'y est produit plus d'une catastrophe. Mais les travaux l'ont beaucoup amélioré déjà, et on les continue depuis une centaine d'années qu'ils furent entrepris. »

Ces travaux, en effet, remontent au règne de Marie-Thérèse, et ils auront eu pour résultat d'assurer au passage du Strudel deux mètres d'eau, même à l'époque des plus fortes sécheresses.

Lorsque la barge fut arrivée à l'île rocheuse de Werder, longue de près d'un kilomètre, large de quatre cents mètres, M. Jaeger demanda à son compagnon quel bras il suivrait :

« Si j'avais un chaland à diriger, monsieur Jaeger, répondit Ilia Krusch, je prendrais le bras gauche où les bas-fonds sont moins dangereux. Mais, avec notre barge, il n'y a rien à craindre et nous prendrons le bras droit, puisque le courant nous y porte plus directement.

— Alors les bateaux n'y passent jamais ?...

— Jamais, car ce serait de l'imprudence.

— Eh bien, monsieur Krusch, si cela ne vous contrarie pas, je préférerais descendre à gauche de l'île Werder... Vous le savez, cette question de batellerie m'intéresse toujours... Je songe même à entrer dans une affaire de ce genre, si je peux me rendre compte par moi-même...

— Qu'à cela ne tienne ! répondit l'obligeant M. Krusch, toujours prêt à obliger M. Jaeger. Nous n'y perdrons pas une demi-heure ! »

C'est donc ce qui fut fait, et la barge s'engagea à travers le bras gauche du fleuve.

Trois chalands dérivaient alors, à la suite les uns des autres. Leur voile serrée, ils ne marchaient que sous l'action du courant que l'étroitesse du lit rend plus rapide. En même temps que M. Jaeger les regardait manœuvrer, il semblait observer leur équipage avec un soin particulier.

Les mariniers d'ailleurs ne prêtaient aucune attention à cette barge montée par deux hommes. Elles sont nombreuses les petites embarcations qui vont incessamment d'une rive à l'autre du Danube. Et, en ce moment, ces mariniers étaient trop occupés à se diriger dans les eaux profondes afin d'éviter les bas-fonds. Les ordres du pilote retentissaient, et il n'y avait qu'à les suivre ponctuellement. Lorsque la direction devait être modifiée, on le faisait au moyen de fortes gaffes, appuyées contre les entailles du plat-bord. Mais c'était une grosse besogne, qui exigeait grande adresse, et sérieuse connaissance des difficultés du Strudel.

Il arrivait donc ceci : c'est que si M. Jaeger, pour une raison quelconque, observait surtout les mariniers, Ilia Krusch s'intéressait davantage aux opérations du pilote. Il semblait qu'il y prît personnellement part, et, comme instinctivement, ces mots s'échappaient de sa bouche :

« Un peu à gauche, ou il va s'engraver !... Bonne manœuvre, celle-ci... À droite le gouvernail, à droite !... Bon... le voilà remis en route... Le chaland de tête va bien... les autres n'ont qu'à suivre ! Mais que tous prennent bien garde au tournant du Wirbel !... C'est là le plus dangereux ! »

Du reste, le courant entraînait la barge plus vite que ce chapelet de bateaux, et d'ailleurs, elle passait là où ils n'auraient pu passer, ce qui abrégeait sa route. En une vingtaine de minutes, elle se trouva donc en aval.

M. Jaeger, qui s'était tenu debout sur le tôt, afin de mieux voir, vint alors reprendre sa place près de M. Ilia Krusch à l'arrière.

Cette partie du Danube est, du reste, assez pénible à franchir pour les bateaux de grande dimension lourdement chargés. Ce ne sont pas seulement sur des bas-fonds sablonneux qu'ils risquent de s'engraver, et encore ne pourraient-ils être remis à flot qu'après s'être délestés d'une moitié de leur cargaison. Le fleuve est parfois hérissé de rochers énormes, les uns se dressant le long des berges, les autres à fleur d'eau. Avec la violence du courant, si un chaland est entraîné contre ces roches, ce n'est plus l'échouage qu'il y a à craindre, c'est la destruction totale, c'est la perte des marchandises, sinon du personnel, et, on le répète, nombreuses furent les catastrophes qui se produisirent dans ces conditions.

«Aussi, M. Jaeger, dit Ilia Krusch, faut-il avant tout s'adresser à un pratique expérimenté, et il en est de bons sur le Danube...

— Mais, monsieur Krusch, répondit M. Jaeger, il me semble que vous-même vous auriez fait un excellent pilote...

— Je l'ai été, monsieur Jaeger, je l'ai été, et, avant de me retirer à Racz, j'ai exercé la profession pendant une quinzaine d'années.

— Vraiment, monsieur Krusch, et vous seriez capable de conduire un de ces bateaux à sa destination?

— Assurément, M. Jaeger, sur le Danube, s'entend, et non dans les rivières qui s'y jettent... Je ne pense pas que le lit ait changé depuis quatre ans que je n'exerce plus... car voilà tantôt quatre ans... et de pilote je suis devenu pêcheur à la ligne...

— Ce qui vous réussit assez, monsieur Krusch...

— Mais oui, monsieur Jaeger, et que faire de mieux, lorsqu'on a pris sa retraite!»

Après le Strudel, il y eut encore de dangereux tournants à franchir, entre autres le Wirbel, où les eaux forment des tourbillons violents dont

148

un bateau ne pourrait plus sortir, s'il s'y laissait prendre. Puis ce fut cette sorte de barrage du Haustein, de grosses roches, toujours difficile, bien que les travaux l'aient sensiblement amélioré. D'ailleurs, avec une pente de quatre pieds par cent brasses que le lit a conservée, il n'est pas étonnant que le Danube puisse en cet endroit soutenir la comparaison avec certains rapides des grands fleuves d'Amérique.

Ces mauvais pas franchis, la navigation redevient aisée pour la batellerie sur un assez long parcours, et, jusqu'à Vienne du moins, elle ne présente plus d'obstacles. La barge continuait donc sa route sous l'action d'un courant assez régulier, et sans qu'il se produisît aucun incident. Ilia Krusch péchait avec assez de succès, et vendait convenablement son poisson dans les bourgades ou villages des deux rives, tels Spitz, Stein, à gauche, où sa présence ne fut point signalée à son extrême satisfaction, que Jaeger partageait, semblait-il.

Le fleuve coulait alors comme à travers une sorte de canal. Les points de vue curieux y faisaient défaut, et les montagnes reculées vers l'horizon laissaient toute facilité à la plaine de s'étendre largement.

Cependant, quelques sites pittoresques sont encore à noter, entre autres, ce château de Persenburg, résidence impériale, campé sur cette puissante assise de roches qui le porte avec grâce et solidité. De même, la bourgade de Maria Taferl, où les pèlerins se rendent annuellement par milliers. Et leur pèlerinage accompli, ils peuvent jouir d'une vue superbe et grandiose, qui a pour cadre la chaîne des Alpes noriques. Enfin, avant Vienne, il y eut encore lieu d'admirer l'abbaye de Moelk.

Ce sont les bénédictins qui l'ont bâtie à près de deux cents pieds de haut sur un promontoire de granit. Derrière les deux tours élégantes qui se profilent au-dessus de sa façade, s'arrondit une énorme coupole de cuivre, dominée d'un clocheton et qui semble lamée d'or, lorsqu'elle est inondée des rayons solaires.

À Krems, bourgade de la rive gauche, le touriste perd enfin la vue des montagnes de Bohème et de Moravie qui en suivent la rive droite depuis Ratisbonne.

Avant de quitter Krems, Ilia Krusch avait été offrir une trentaine d'assez beaux poissons, pêchés la veille et dont il tira bon prix.

M. Jaeger était resté dans la barge, qui devait démarrer dès qu'Ilia Krusch serait de retour.

Lorsque celui-ci fut revenu, il reprit sa place à l'arrière, et lança l'embarcation de manière à tenir le milieu du lit où la vitesse du courant est plus forte.

Et, voici que tout en causant, Ilia Krusch de dire à M. Jaeger :

« Si vous m'aviez accompagné à Krems, vous

auriez appris une nouvelle qui fait du bruit dans la bourgade.

— Et laquelle ?...

— On affirme que le fameux Latzko est enfin tombé entre les mains de la police...

— Le fameux Latzko... le chef des fraudeurs ? demanda assez vivement M. Jaeger.

— Lui-même.

— Et où aurait-il été pris ?...

— Dans une rencontre avec les douaniers.

— Et de quel côté ?...

— Du côté de Gran...

— En Hongrie ?...

— En Hongrie, monsieur Jaeger, mais cela n'implique pas qu'il soit Hongrois ! »

Et, dans sa fierté originelle, M. Ilia Krusch n'aurait pu admettre que ce malfaiteur fût un de ses compatriotes.

M. Jaeger, après quelques instants de réflexion, alors qu'Ilia Krusch (croyait) que la conversation à ce sujet en resterait là, dit :

« Ainsi, on parlait de cette capture à Krems ?

— Depuis la veille, monsieur Jaeger.

— Et on donnait cette nouvelle pour certaine ?...

— Par deux ou trois fois, les gens de Krems me l'ont certifiée.

— Et d'où arrivait-elle ?...

— De Vienne.

— Je regrette de ne vous avoir pas accompagné ce matin, monsieur Krusch... J'aurais pu vérifier moi-même... prendre connaissance des journaux...

— Cela vous intéresse tant que cela, monsieur Jaeger?...

— Oui et non, monsieur Krusch. Mais il s'agit d'une affaire qui fait grand bruit... cette affaire de contrebande, et si elle a enfin eu ce dénouement, tout le monde a lieu de s'en féliciter...

— Comme vous dites, monsieur Jaeger!»

Il y eut quelques instants de silence, pendant que la ligne ramenait à bord un superbe échantillon de ces hotus qui sont parfois dénommés mulets — à tort. Le hotu se prend volontiers dans les eaux rapides, où il voyage en bandes, et sa pêche est assez facile, à la condition de le ferrer rapidement, ce qu'avait fait M. Krusch. Ayant remarqué la présence d'un certain nombre de ces poissons, il avait choisi ses hameçons en conséquence, sans se préoccuper autrement de l'appât, car le hotu vorace se jette dessus quel qu'il soit.

«J'en reviens à Latzko, reprit alors M. Jaeger. S'il est réellement, comme on le prétend, le chef de cette association de fraudeurs, c'est un beau coup que la police aura fait là.

— Oui, monsieur Jaeger, et ça vaut la prise d'un brochet de vingt livres.

— Mais la nouvelle n'est-elle pas controuvée?

— Nous le saurons à Vienne, demain, monsieur Jaeger. Dans tous les cas, si on ne s'est pas emparé de ce Latzko, on finira par y arriver, j'imagine...

— Oh ! c'est, dit-on, un habile homme ! répliqua M. Jaeger. On n'a jamais su où il résidait, et peut-être n'a-t-il pas même de domicile fixe... Quant à sa nationalité, on l'ignore... Depuis que les agents sont à sa recherche, ils n'ont rien pu découvrir jusqu'ici...

— Sans doute, monsieur Jaeger, mais un malfaiteur finit toujours par se laisser prendre, répondit Ilia Krusch.

— Par malheur, ajouta M. Jaeger, ce n'est pas la première fois que le bruit de la capture de Latzko s'est répandu, et faussement. Et, d'abord, se nomme-t-il Latzko... on n'en sait rien...

— J'aime à croire que ce n'est point son nom, déclara M. Krusch, car il sent trop son origine hongroise, et je préfère qu'il porte un nom allemand...

— Eh ! vous êtes patriote, monsieur Krusch !

— Oui, et Hongrois dans l'âme. Mais, je le répète, ce qui n'aura pas été fait aujourd'hui, le sera demain. »

M. Jaeger se contenta de hocher la tête en signe de doute.

« Et puis, reprit M. Krusch, ne pas oublier qu'il y a une prime promise pour la capture de Latzko... et quelle prime... deux mille florins !...

« — Et s'ils tombaient dans votre poche?... dit en riant M. Jaeger.

— Ils seraient aussi bien reçus dans la mienne que dans la vôtre, je suppose.

— Assurément, monsieur Krusch.

— Il est vrai, remarqua M. Krusch, que Latzko serait homme à en offrir le double ou le triple pour s'échapper, s'il était pris... L'association doit être riche depuis plusieurs années qu'elle fait la contrebande...

— Mais, dit M. Jaeger, ce n'est pas un homme comme vous, un ancien pilote du Danube, un honnête pêcheur à la ligne, qui accepterait jamais, si la bonne fortune faisait tomber entre ses mains ce chef de fraudeurs...

— Non, certes, monsieur Jaeger, non! répondit Ilia Krusch, et, comme on dit, je ne mangerais pas de ce pain-là! »

On a vu à la suite de quelle circonstance cette conversation s'était engagée entre les deux compagnons de voyage. La nouvelle rapportée de Krems était-elle vraie ou fausse, on le saurait sous peu à Vienne. On saurait également si ce résultat était dû au chef de police, Dragoch, chargé de nouvelles recherches dans cette affaire par la commission internationale. Était-ce à ce Dragoch, était-ce à un de ses sous-ordres qu'était due cette capture, si capture il y avait? Si un engagement avait eu lieu entre les agents et les contrebandiers, était-on parvenu à saisir le ou les bateaux sur lesquels s'effectuait le transport des marchandises aux navires de la mer Noire ? Si l'affaire s'était passée aux environs de Gran, M. Jaeger et Ilia Krusch auraient l'occasion de recueillir des informations sur place, lorsqu'ils atteindraient cette ville sur la partie hongroise du Danube.

Il était tout naturel, en terminant leur conversation, que M. Jaeger et Ilia Krusch fussent amenés à prononcer le nom de Karl Dragoch.

« Il paraît, dit Ilia Krusch, que ce choix est très heureux... On ne pouvait s'adresser à un homme plus intelligent que le chef de la police de Pest...

— C'est un Hongrois, je pense ? demanda M. Jaeger.

— Oui... un Hongrois... bien Hongrois, répondit Ilia Krusch, non sans une certaine pointe de fierté.

— Est-ce que vous le connaissez, monsieur Krusch ?

— Non, monsieur Jaeger, et je n'ai jamais eu l'honneur de le rencontrer...

— On le dit habile policier...

— Très habile, et il l'a prouvé dans maintes circonstances, en payant de sa personne, au risque de sa vie.

— Eh bien, monsieur Krusch, espérons qu'il sera assez adroit, et surtout assez favorisé par les circonstances pour mettre enfin la main sur ce Latzko...

— Il réussira, monsieur Jaeger », répliqua Ilia Krusch avec une telle conviction que son compagnon ne put s'empêcher de sourire.

En aval de la petite ville de Korneubourg, la batellerie trouve des difficultés d'un autre genre que dans les passes de l'île Werder, les tournants du Wirbel et les tourbillons du Haustein. Le Danube s'élargit considérablement, les bancs de sable gênent la navigation, et bien que les échouages ne soient pas très dangereux, il est prudent de gouverner de manière à les éviter.

La barge rencontra même un de ces longs trains de bois sur lesquels vit, on peut dire, toute une population flottante. Ce train s'était mal engagé entre les bancs de sable. Les conseils d'Ilia Krusch ne furent point inutiles. Il les offrit de lui-même, ainsi que ses services, et les mariniers eurent raison de les suivre. On reconnut en lui un homme qui connaissait bien son Danube — ce qui n'était plus pour étonner M. Jaeger. Après quelques heures de retard, la barge put reprendre le fil du courant en se dirigeant vers la capitale de l'Autriche.

Déjà les approches d'une grande cité se faisaient sentir. La campagne montrait plus d'animation. Le ciel se noircissait des fumées de quelques usines. Le nombre des bateaux s'accroissait, surtout celui des dampfschiffs faisant le service aux environs de Vienne. Au loin se pressaient les villages, pointant vers le ciel le clocher de leurs églises. Des maisons de campagne, des villas, s'étageaient sur les molles collines en arrière des berges.

Ce jour-là, dans l'après-midi, la barge atteignit la base du Kahlenberg, dont le sommet, sur la droite, était visible depuis le matin. Il dépasse l'altitude de mille pieds, et, de son sommet, la vue s'étend non seulement sur la capitale, mais jusqu'aux monts de la Hongrie et aux Alpes styriennes.

Enfin, vers neuf heures du soir, après être descendu en aval de Nussdorf, où s'arrêtent les bateaux à vapeur — en cet endroit, le bras du fleuve qui se rapproche le plus près de la ville, ne peut leur donner passage faute d'eau —, c'est là que la barge vint relâcher près d'un petit appontement dans une étroite crique de la rive.

Il y avait vingt-deux jours qu'Ilia Krusch avait jeté sa ligne aux sources du grand fleuve, et il venait de le descendre sur un parcours d'environ sept cents kilomètres.

IX

À la sortie
des Petites Karpates

Quelques jours plus tard, deux hommes causaient, buvant et fumant, dans une auberge iso-
lée, sur la route qui descend vers le Danube à
l'orée des Petites Karpates. Les dernières ramifications de ces montagnes de la Hongrie viennent expirer à la rive gauche du fleuve, un peu
en amont de Presbourg [1], ville importante du
royaume, située entre Vienne et Buda-Pest. Là
s'ouvre aussi la bouche de la Morave [2], un des
principaux affluents du fleuve.

Ces deux hommes étaient attablés au fond
d'une chambre basse, où personne ne pouvait
ni les voir ni les entendre. Une fenêtre latérale,
vitrée de gros verres à maillons, leur permettait
d'observer obliquement gens ou bêtes qui passaient sur la route en longeant la gauche de la

1. Bratislava, ancienne ville de Tchécoslovaquie ; aujourd'hui
capitale de la Slovaquie.
2. March en allemand.

Morave, dont le courant entraînait quelques bateaux vers son confluent.

Cette auberge n'était guère fréquentée que par les mariniers et les rouliers, lorsqu'ils s'y arrêtaient, soit pour absorber quelque violente boisson, soit pour prendre leur repas. Les voyageurs, peu difficiles à satisfaire, pouvaient y loger la nuit, sans trop alléger leur bourse. Mais il était rare que l'aubergiste, sa femme et son valet ne fussent pas seuls à la nuit. Une étroite écurie, en annexe sur le côté, suffisait à recevoir un ou deux attelages.

Ce matin, deux charrettes, dont une épaisse bâche en toile goudronnée recouvrait le chargement, étaient arrivées devant l'auberge. Le maître de l'endroit les attendait sans doute, et connaissait les deux rouliers qui les conduisaient.

La première question qu'adressèrent ces hommes, — précisément ceux qui buvaient alors dans la salle basse, — fut celle-ci :

« Ils ne sont pas encore là ?...

— Non, répondit l'aubergiste. Il ne viendra pas avant ce soir...

— Eh bien, dételons, dit l'un des hommes. Les charrettes dans la cour, les chevaux à l'écurie...

— Et à manger, à boire, ajouta l'autre, car il fait faim et soif. Personne à cette heure dans la maison ?...

— Personne. »

Les choses s'étaient ainsi faites, comme elles se faisaient d'habitude, paraît-il, et, du dehors, on ne pouvait voir les deux charrettes abritées sous un large appentis de la cour. Quant aux six chevaux, — trois par attelage, — le fourrage ne leur fut point épargné. Ils avaient une longue étape dans les jambes sur ces durs chemins des Petites Karpates, et il leur en restait une non moins longue pour atteindre le Danube au confluent de la Morave. Il fallait leur donner des forces, car elle était lourde la charge qu'ils traînaient déjà depuis plusieurs jours.

Ainsi, depuis le matin, après avoir voyagé toute la nuit, les deux hommes étaient installés dans l'auberge. De temps en temps, l'un ou l'autre franchissait la porte pour jeter un regard sur la route. Une atmosphère un peu brumeuse ne laissait pas la vue se porter à grande distance. Dans tous les cas, comme l'avait déclaré l'aubergiste, ce ne serait pas avant la tombée de la nuit qu'arriverait celui que les deux hommes attendaient à ce rendez-vous.

Ce que les deux charretiers avaient de mieux à faire, après avoir mis les charrettes en lieu sûr, c'était d'abord de déjeuner. Après avoir marché toute la nuit, la faim les dévorait, et la soif, ainsi que l'un d'eux l'avait dit en arrivant, bien que les gourdes qu'ils portaient sous la grosse cape de laine, leur eussent largement permis de l'étancher en route. Ils s'attablèrent donc dans la salle basse. Aux provisions assez maigres de l'auberge, ils ajoutèrent les réserves substantielles dont les voitures étaient pourvues. Ils mangèrent copieusement tout en causant avec l'hôte et l'hôtesse, — un couple dont la mine n'avait rien de très engageant, mais des rouliers n'en sont pas à cela près.

Ce dont ils s'enquirent plus particulièrement, ce fut de savoir si des escouades de police ou de douane rôdaient à travers la campagne. Qu'ils n'en eussent point rencontré sur ces chemins détournés, entre les dernières ramifications des Petites Karpates, cela se comprenait. Sur ces contrées désertes, loin de toute ville ou de tout village, les agents ne se hasardaient pas volontiers, les voyageurs non plus d'ailleurs. Mais à l'endroit où ils venaient de s'arrêter le matin même, à l'angle occupé par l'auberge, la plaine commençait à se dégager; une route plus fréquentée suivait la rive gauche de la Morave. Elle traversait des bois assez profonds, elle desservait quelques fermes dont les fermiers allaient vendre leurs produits dans les bourgades voisines et jusqu'à Presbourg. Or, comme cette route était la seule qui conduisît à la jonction de la rivière et du fleuve, il y aurait nécessité de la suivre, et il était possible qu'elle fût surveillée depuis les nouvelles mesures prises par la commission internationale en vue de réprimer la fraude par l'arrestation des fraudeurs.

Au surplus, même en venant des premières gorges des Karpates, les charrettes n'avaient roulé que de nuit, et c'est ce qu'elles feraient encore jusqu'au terme de leur voyage.

Après un dernier coup à la suite de bien d'autres, les deux hommes éprouvèrent une irrésistible envie de dormir. Ils n'avaient point besoin de lits. Quelques bottes de paille jetées dans une étable, vide alors, leur suffirait, et, après avoir recommandé à l'aubergiste de les réveiller «s'il y avait du nouveau», ils s'étendirent l'un près de l'autre, et cinq minutes ne s'étaient point écoulées qu'ils dormaient déjà à poings fermés.

Pendant qu'ils reposaient, à plusieurs reprises des passants entrèrent dans l'auberge et se firent servir à boire, mais ils en repartirent presque aussitôt. C'étaient des paysans retournant aux fermes les plus rapprochées, ou des chemineaux, la besace au dos, le bâton à la main, qui se dirigeaient du côté de Presbourg.

L'un d'eux, en causant, fut amené à dire que la police battait la campagne dans les environs, et que décidément, il n'y avait plus de sécurité pour les honnêtes gens.

L'aubergiste se contenta de hausser les épaules en souhaitant audit chemineau de ne point se laisser prendre. Mais il tint compte du renseignement, et se promit d'en parler à ses hôtes. Il était rare que les agents parcourussent les Petites Karpates et, s'ils le faisaient actuellement, ce ne pouvait être sans quelque sérieux motif.

Vers cinq heures, lorsque les deux hommes furent éveillés, ils rentrèrent dans la salle, et leur première question fut encore celle qu'ils avaient déjà faite le matin :

« Ils ne sont pas encore là ?...

— Pas encore, répondit l'aubergiste, mais, je vous le répète, il n'arrivera pas avant le soir... J'ai été prévenu par un de ses compagnons... Il aura raison d'être prudent, d'ailleurs, car les agents de la police et de la douane rôdent aux environs de la Morave. »

Cette nouvelle parut inquiéter les deux hommes, et aussitôt l'un d'eux demanda si quelqu'un de ces policiers s'était présenté à l'auberge.

« Aucun, répondit l'aubergiste, mais j'ai été informé par un chemineau qui les avait rencontrés sur sa route. »

Les deux hommes demandèrent à dîner et s'attablèrent dans la salle. Tout en mangeant, ils causaient à voix basse — par habitude sans doute, car ils n'avaient point à se défier de l'aubergiste.

« Pourvu qu'il puisse les dérouter, disait l'un.

Il doit être avisé que les rives de la Morave sont surveillées...

— Oui... répondit l'autre, la police croit que la contrebande se fait par là, et que les chalands du Danube ont déjà descendu son affluent.

— Il faut le laisser croire, et au besoin répandre ce bruit...

— C'est ce qu'il a fait, de sorte que jusqu'ici la route est restée libre pour nos charrettes.

— Quant au bateau qui doit nous attendre... reprit le premier.

— Pas d'inquiétude, déclara le second. Il est à la crique de Kordak, au confluent de la Morave, comme une honnête gabare qui n'attend que d'avoir complété sa cargaison pour filer vers l'embouchure. »

Lorsqu'ils eurent achevé leur dîner, tous deux quittèrent la salle, et vinrent faire les cent pas sur la route.

Il était six heures et demie. Le soleil avait déjà disparu dans le nord-ouest derrière la chaîne des Petites Karpates. Le crépuscule s'accentuait, la nuit serait noire, une nuit sans lune, et d'épais nuages couvraient le ciel. Mais la pluie ne menaçait pas, et c'était une circonstance favorable pour que les charrettes pussent atteindre le confluent de la Morave avant l'aube. Quant à reconnaître leur chemin, même au milieu d'une obscurité profonde, cela n'était pas pour embarrasser les deux rouliers, qui connaissaient le

164

pays, et, dans les mêmes conditions, avaient effectué ce cheminement entre l'auberge et la rive gauche du Danube.

Pendant leurs allées et venues sur la route — et ils la descendirent sur une centaine de toises — les deux hommes ne virent rien de suspect. La contrée était absolument déserte. Avec les derniers souffles de la brise qui tombait du sud, on eût entendu un bruit de voix, un bruit de pas qui se fût produit de ce côté. Silence absolu. Il était à croire, d'ailleurs, d'après les renseignements fournis, que les agents devaient être en surveillance sur les rives de la Morave, en amont, et par conséquent à la distance d'une bonne lieue de l'auberge.

Les deux hommes rentrèrent donc, et allèrent donner un coup d'œil aux attelages qui se reposaient dans l'écurie.

Vers sept heures et quelques minutes, la porte de la salle s'ouvrit brusquement, et l'aubergiste de crier aussitôt :

« Le voici ! »

Les deux rouliers s'élancèrent hors de l'écurie, et rejoignirent le nouveau venu.

C'était un homme dans toute la vigueur de l'âge, entre quarante et quarante-cinq ans, figure énergique, traits durs, sans barbe, l'allure de l'homme habitué au grand air, rompu à tous les exercices violents. Il présentait à la fois le type du paysan et du marinier. Coiffé d'un chapeau

165

rond à larges bords, chaussé de bottes qui montaient jusqu'à ses genoux, vêtu d'une veste sous laquelle apparaissait la ceinture rouge qui serrait le pantalon à la taille, il s'enveloppait d'une large cape de laine, lui tombant de la tête aux pieds, ce qui lui permettait, s'il lui plaisait, de ne point se laisser reconnaître.

Était-ce Latzko, le chef de l'association des fraudeurs, celui que l'on cherchait depuis plusieurs années ? Ni Karl Dragoch, ni aucun des agents ne l'eût pu dire, puisqu'on ne l'avait jamais vu. Dans tous les cas, si c'était ce Latzko, c'est que la nouvelle de sa capture, accueillie par M. Jaeger avec une visible incrédulité, était fausse. Peut-être même n'y avait-il pas eu engagement entre ses compagnons et les agents dans les environs de Presbourg, et, assurément, le président de la Commission, M. Roth, n'avait dû recevoir aucun rapport de Dragoch à ce sujet. D'ailleurs, depuis leur arrivée à Vienne, M. Jaeger et Ilia Krusch devaient-ils savoir à quoi s'en tenir sur cette prétendue arrestation.

Ce qui est certain, c'est que, depuis quelque temps déjà, le nouveau venu se trouvait avec quelques-uns des contrebandiers de l'autre côté du Danube, sur la rive droite, où avaient été dirigées une partie des marchandises de fraude. Après les avoir embarquées, sans que cet embarquement eût donné l'éveil à la police, le chaland, traversant le fleuve, avait accosté un peu en aval, presque au confluent de la Morave. Une quinzaine des hommes étaient alors passés sur la rive droite pour compléter la cargaison, et ils étaient venus à l'auberge, sous la direction de ce chef, afin d'escorter les deux charrettes pendant la dernière étape.

Quant aux objets qu'elles transportaient, des étoffes, des vins de prix, du tabac, des conserves de diverses sortes, ils avaient été transportés dans la région des Petites Karpates, et lorsque le chaland aurait reçu ce dernier chargement, tous y embarqueraient, et il saurait bien échapper aux recherches de la douane, de la police pendant les centaines de lieues qui le séparaient encore des embouchures du Danube.

Du reste, c'était bien à ce Latzko qu'était due la fondation de cette association de fraudeurs, un homme à ne reculer devant aucune extrémité. Le personnel, de même que son chef, ne craignait ni Dieu ni diable, comme on dit. Il avait des ramifications très étendues dans toute cette longue vallée du Danube ; quant à craindre d'être trahi par l'un des siens, non, car tous s'enrichissaient dans cette fructueuse contrebande. Jusqu'ici, les bateaux étaient toujours arrivés à destination, sans que la fraude eût été jamais découverte.

Mais enfin, la chance a ses limites. De bonne, elle peut devenir mauvaise, et le favoriserait-elle longtemps encore ? Si on ne connaissait pas la personne de ce Latzko, on connaissait son nom, et comment était-il parvenu aux oreilles de la police, personne ne l'eût pu dire. Il est vrai, un nom n'est pas inscrit sur la figure des gens ; et un homme n'est pas pris parce que l'on sait comment il s'appelle.

Dès son entrée dans la salle, ce chef, peut-être le second de Latzko, procéda par des questions brèves, qui amenèrent des réponses non moins brèves :

« Les deux charrettes sont ici ?...

— Elles y sont.

— Vous n'avez point (été) arrêtés en route ?...

— Non, mais il est certain que le pays est surveillé par les agents...

— Oui... je sais, mais du côté de la Morave. Toutes les marchandises sont arrivées ?...

— Toutes.

— Et vous êtes ici ?...

— Depuis ce matin.

— Les chevaux ont reçu bonne provision de fourrage ?...

— Il n'y a plus qu'à atteler...

— Qu'on attelle. »

On remarquera que si une quinzaine de fraudeurs avaient repassé de ce côté du Danube, celui-ci était venu seul à l'auberge. Cela valait mieux pour ne point exciter les soupçons qu'eût provoqué le passage d'une troupe d'hommes, armés de coutelas et de revolvers. Mais ils étaient

dispersés le long de la route, et lorsque les charrettes se mettraient en marche, ils les escorte-
raient à distance, de manière à se rallier dès la
moindre alerte.

Du reste, ils n'ignoraient point que la police
courait le pays sous la direction de Karl Dragoch, dont la présence avait été signalée la
veille. Ils se tenaient donc sur leurs gardes. Leurs
costumes les auraient volontiers laissé prendre
pour des Hongrois de la province des Karpates.
Quant à ce Latzko, habile à modifier son allure,
à changer sa physionomie, il avait plusieurs fois
déjà trompé l'œil des agents. Que de fois les
meilleurs limiers avaient rencontré un paysan
dans les terres, ou un marinier sur les rives, à
l'air indifférent, à la mine bonasse, tantôt condui-
sant un cheval, tantôt une embarcation, sans se
douter qu'ils n'avaient qu'à étendre la main
pour le saisir ! En vérité, Ilia Krusch eût plutôt
excité leur suspicion !

Et lorsqu'un de ses compagnons lui parlait de
ce Dragoch, que la Commission avait mis à ses
trousses :

«J'en fais mon affaire, répondait-il. Quand
bien même il serait sur mon bateau avec ses
agents, il ne m'y reconnaîtrait pas, et quant au
bateau, vous le savez bien, il peut le fouiller
jusque dans la cale, il n'y trouverait pas même
un tapis de contrebande ! »

Huit heures étaient sonnées, lorsque les atte-lages furent prêts à partir.

Il y a lieu d'ajouter, à propos de la capture dont Latzko aurait été l'objet, que ce n'était pas la première fois qu'il en courait de tels sur sa personne. Ces informations, répétées par les journaux, étaient aussi fausses que celle dont Ilia Krusch avait donné connaissance à M. Jaeger, en revenant du marché de Krems.

Tout était prêt, et les hommes, dont pas un n'avait paru à l'auberge, n'attendaient qu'un seul signal pour former l'escorte.

Les portes de la cour furent ouvertes. Les charrettes, tirées chacune par trois chevaux vigoureux, sortirent l'une après l'autre. Leur marche ne serait pas signalée de loin ni par le bruit, sur cette route à demi-herbeuse, ni par la vue, car il faisait nuit noire. D'ailleurs, le che-minement se ferait en partie à travers des bois épais massés sur la route.

La distance à franchir n'était plus que de six à sept lieues depuis l'auberge jusqu'au confluent de la Morave, et c'est à peine si, en cette direc-tion, on rencontrait quelques fermes.

Les voitures sorties, congé pris de l'aubergiste, les charretiers en tête de leurs chevaux com-mencèrent à descendre les dernières ramifica-tions des Petites Karpates.

Le chef les précédait d'une vingtaine de pas. Parfois, en longeant les bordures d'arbres, il s'écartait, soit à droite, soit à gauche, et échangeait quelques mots avec les hommes de l'escorte, s'assurant qu'ils ne voyaient ni n'entendaient rien de suspect. C'était une marche silencieuse et obscure. Aucune lanterne n'éclairait les charrettes, mais leurs conducteurs connaissaient les pentes, les rampes tournantes d'une route qu'ils avaient maintes fois parcourue, et pas une erreur n'était à craindre de leur part.

Il semblait donc ainsi que le voyage s'accomplirait sans incidents. Lorsque le convoi arriva devant les premières fermes, la soirée était assez avancée déjà pour que les familles fussent au lit. Quelques chiens seulement signalèrent le passage des charrettes. Mais aucune porte ne s'ouvrit, et, après tout, ce cheminement de chevaux et d'hommes n'aurait pu surprendre personne.

L'atmosphère s'était très épaissie depuis le soir, s'alourdissant comme si l'espace eût été saturé d'électricité. Aucun orage ne menaçait, et, d'ailleurs, en cette région de la Haute-Autriche, les orages ne sont guère à craindre au printemps. Circonstance heureuse, car lorsque la saison est plus avancée, ils sont quelquefois terribles. Ils balaient la vallée du Danube, et la navigation peut y être gênée, parfois même interrompue. Et il importait que le chaland eût reçu son plein de cargaison dans quelques heures afin de démarrer avant le jour.

Il était minuit lorsque le convoi s'arrêta. Les chevaux marchaient depuis quatre heures, et il convenait de les laisser reposer. Non seulement ils traînaient des véhicules assez lourdement chargés, mais la route, à peine entretenue, était coupée d'ornières, ce qui obligeait à de violents coups de collier.

La halte devait durer une heure. Il ne restait plus que trois lieues à franchir, et sur des chemins moins mauvais aux approches du fleuve. Les fraudeurs étaient donc assurés d'avoir atteint le confluent et même d'avoir embarqué la cargaison, alors que le lit du Danube serait encore noyé dans l'ombre.

C'était dans une clairière, en dehors et sur la droite de la route, — endroit bien connu d'eux, — que les rouliers avaient remisé leurs charrettes. Par cette profonde obscurité, sous l'épais plafond des arbres, on n'eût pu les apercevoir sans pénétrer dans la clairière. Donc, au cas qu'il passerait quelqu'un, il n'y avait rien à craindre.

Après les premiers soins donnés aux chevaux, tous s'étaient réunis autour du chef. Ils étaient là, en y comprenant les charretiers, une vingtaine d'hommes vigoureux, accoutumés au danger, ayant fait leur preuve en maintes circonstances.

Tant que dura la halte, assis au pied des arbres, ne fumant même pas, afin de ne point donner l'éveil, ils causèrent à voix basse. Deux ou trois, en plus étroite familiarité, s'entretenaient avec leur chef. Ce dont ils conversaient, c'est qu'il était urgent que l'expédition prît fin... Le pays était trop surveillé... On choisirait une autre partie du fleuve, où les bateaux attendraient en plus grande sûreté les marchandises expédiées vers l'une ou l'autre rive. L'essentiel était donc d'avoir déjoué les efforts de la police aux alentours des Petites Karpates et de partir avant qu'elle ne fût au confluent de la Morave.

Une heure s'écoula dans un repos que rien n'avait troublé. Sur un signe, les attelages allaient se remettre en marche, lorsqu'un des hommes, posté à l'extrémité de la clairière, revint en hâte, disant :

« Alerte ! »

Le chef s'avança.

« Qu'y a-t-il donc ?... demanda-t-il.

— Écoute ! »

Sur cette réponse, tous tendirent l'oreille.

Un bruit de pas se faisait entendre en amont de la route, le pas d'une troupe qui descendait de ce côté. Bientôt même quelques voix s'y joignirent, et la distance ne devait pas être supérieure à une centaine de toises.

« Restons dans la clairière, commanda le chef, ces gens-là passeront sans nous voir ! »

Assurément, étant donné l'obscurité profonde, le convoi ne serait pas aperçu. Mais il y avait ceci de très grave : si, par mauvaise chance, c'était une escouade de police qui suivait cette route, c'est qu'elle se dirigeait vers le fleuve. En admettant, le jour venu, qu'elle ne découvrît pas le bateau au fond de la crique, il ne serait pas prudent d'y conduire les charrettes, du moins cette nuit-là. Évidemment, si la pensée venait à ces agents de visiter ledit bateau, ils n'y trouveraient rien de suspect. Mais ils pouvaient demeurer aux environs du confluent, et leur présence empêcherait tout embarquement des marchandises de contrebande.

Enfin, on tiendrait compte des circonstances, et on agirait suivant le cas. Après avoir attendu dans cette clairière jusqu'à la nuit prochaine, s'il le fallait, quelques-uns de ces hommes descendraient jusqu'au Danube, et s'assureraient que la douane ou la police étaient en campagne de ce côté.

Pour l'instant, l'essentiel était de ne point être dépistés, et que cette troupe qui s'approchait passât sans avoir l'éveil.

Elle ne tarda pas à atteindre l'endroit où la route longeait la clairière. Malgré la nuit noire, on reconnut qu'elle se composait d'une dizaine d'hommes, et parfois un certain cliquetis indiquait des hommes armés.

Était-ce donc une escouade de ces agents qui, au dire du chemineau, battaient le pays, précisément à la poursuite des fraudeurs de Latzko?...

Il n'y eut plus à en douter. Deux noms furent successivement prononcés par quelques hommes qui, en avant des autres, longeaient la lisière.

Le premier de ces noms était celui de Latzko en réponse à une question qui avait été posée.

Le second le fut en réponse à la question :

«Je crois que nous arriverons à temps, Dragoch!»

C'était le chef de police en personne qui, sur des informations assez exactes, s'était transporté avec un certain nombre d'agents dans cette partie du pays, située dans l'angle de la Morave et du Danube. Depuis deux jours, il était en surveillance à l'entrée des Petites Karpates ; mais ses recherches ayant été vaines, après avoir envoyé la moitié de son personnel en amont sur la rive gauche de la rivière, il se dirigeait avec une escouade de douze hommes vers le confluent. À suivre la même route que le convoi, il devait nécessairement le rencontrer.

Le chef prit immédiatement le seul parti qu'il y eût à prendre : rester dans la clairière, ne point trahir sa présence, laisser passer l'escouade, la faire suivre même à bonne distance de manière à ne point être aperçu, s'assurer si elle occuperait ou non les approches du confluent : si oui, remettre à plus tard l'embarquement de ses marchandises, si non, ne rien changer aux projets et conduire les charrettes à la crique de Kordak. La distance n'était pas telle qu'il ne pût au besoin se rendre compte par lui-même des opérations de Karl Dragoch.

Or, déjà l'escouade avait dépassé l'allée par laquelle on pénétrait dans la clairière, lorsqu'un incident vint modifier la situation du tout au tout.

Un des chevaux, effrayé par ce passage d'hommes sur la route, s'ébroua et poussa un long hennissement qui fut répété par les autres.

Karl Dragoch et ses agents s'arrêtèrent aussitôt. La retraite du convoi était découverte. Une lutte allait certainement s'engager, et on se prépara à la soutenir.

«Halte!», avait crié Karl Dragoch à ses hommes, qui se réunirent autour de lui.

Et alors, s'avançant jusqu'à l'entrée de la clairière :

«Qui est là?...», cria-t-il.

Pas de réponse.

Un de ses agents fit alors pétiller une allumette et enflamma une torche de résine qu'il tenait à la main.

Si, à cette insuffisante clarté, on ne put se reconnaître de part et d'autre, elle avait permis au chef de police d'apercevoir les deux charrettes derrière lesquelles se groupait un certain nombre d'hommes.

« Qui êtes-vous ? cria de nouveau Karl Dragoch.

— Qui êtes-vous, vous-mêmes ? lui fut-il répondu.

— Nous sommes des agents de la police... Ces charrettes que l'on cache ne peuvent renfermer que la contrebande, et ceux qui les escortent ne peuvent être que des contrebandiers ! »

Pas de réponse.

« Nous allons emmener ces charrettes », dit une dernière fois Karl Dragoch.

Il entra dans la clairière, suivi de son escouade, sans avoir pu observer que les fraudeurs auraient l'avantage du nombre — une vingtaine d'hommes contre douze.

Mais à peine le chef de police s'était-il avancé de cinq ou six pas, qu'il était arrêté par ces mots prononcés d'une voix impérieuse :

« Un pas de plus, et nous faisons feu ! »

Cette menace n'était point pour arrêter Karl Dragoch, et il répondit :

« Si c'est Latzko en personne qui parle ainsi, je me charge de lui fermer la bouche ! »

Et l'escouade continua de se porter vers les charrettes. Mais, à cet instant, la résine fut arrachée de la main de l'agent, et l'obscurité redevint profonde.

Aucun coup de feu n'avait encore été tiré ni d'un côté ni de l'autre. Il y eut lutte corps à corps, qui mit les agents et les fraudeurs aux prises. Les premiers comprirent, mais trop tard, qu'ils ne seraient pas en force. La lutte tournerait contre eux.

Comme elle durait déjà depuis quelques minutes et qu'il fallait en finir, des détonations éclatèrent. Les revolvers s'étaient mis de la partie. Quelques contrebandiers, quelques agents furent atteints au milieu de l'obscurité. Mais elle ne pouvait se prolonger, et, après une attaque aussi violente que le fut la résistance, Karl Dragoch dut rallier ses hommes et abandonner la place. En quittant la clairière, l'escouade remonta la route afin de rejoindre les autres agents, disséminés en amont de la Morave.

Un quart d'heure après, le convoi, avec deux hommes légèrement atteints, se remettait en marche. Avant quatre heures, il atteignait la crique de Kordak. Aucune surveillance aux environs. Les marchandises furent immédiatement embarquées. Sauf le chef, qui restait à terre, tous passèrent à bord. Puis, le chaland démarra et il descendait le Danube sous l'action d'un courant assez rapide, au moment où le soleil lui envoyait ses premiers rayons.

X

De Vienne à Presbourg
et Buda-Pest

La distance qui sépare Vienne de Presbourg se chiffre par vingt-cinq lieues environ, et, cette distance, Ilia Krusch en avait franchi les trois quarts dans la soirée du 21 mai. Après avoir passé la nuit à l'abri d'une pointe, près de l'embouchure d'un petit cours d'eau, à demi-portée de fusil de quelques maisons isolées, il avait jeté sa ligne, pris une vingtaine de poissons de bonne qualité qu'il comptait vendre le soir même dès son arrivée à Presbourg.

Ilia Krusch était seul dans la barge, et son compagnon de voyage ne descendait plus avec lui le cours du grand fleuve.

D'où venait ce changement à la situation? La séparation avait-elle été volontaire ou accidentelle? Les deux amis, — on peut les qualifier de la sorte, de la part d'Ilia Krusch, c'était une sérieuse amitié, — les deux amis ne devaient-ils pas se retrouver plus tard, reprendre ensemble cette navigation ?... L'absence de M. Jaeger n'était-elle que momentanée ?...

Sommairement, voici ce qui s'était passé.

On s'en souvient, Ilia Krusch et M. Jaeger avaient relâché dans la soirée du 18 mai près d'un appontement au fond d'une étroite crique du bras de Nussdorf.

On sait aussi que la barge n'était pas à Vienne même, le fleuve passant un peu dans le nord de la ville. Or, comme il était déjà tard — un peu plus de neuf heures — M. Jaeger remit au lendemain sa visite à la capitale du Royaume d'Autriche.

En ce qui concerne Ilia Krusch, le brave homme n'en était pas à connaître Vienne. Il avait parcouru plusieurs fois déjà la cité dont l'étendue n'est pas très considérable, et ses trente-quatre faubourgs qui portent sa population totale à (...) habitants. S'il n'avait jamais vu que de l'extérieur le château impérial, les palais des chancelleries, l'Hôtel de Ville, les arsenaux, la monnaie, la douane, le théâtre, les palais Esterhazy, Lichtenstein, et autres, il n'était pas sans avoir respectueusement fléchi le genou dans les églises de Saint-Étienne, de Saint-Pierre, de Saint-Cyarlis, sans s'être promené au Prater, à Augarten, à Volksgarten, sans avoir salué sur la place du Vieux-Marché l'ex-voto de l'empereur Léopold, sans avoir admiré les vues superbes qui s'offrent au regard des terrasses du jardin du Belvédère.

On comprendra donc qu'Ilia Krusch ne songeât point à quitter sa barge où il se trouvait à l'abri des indiscrétions que les journaux de Vienne pourraient commettre à son sujet. Et, en effet, il eût risqué d'être en proie à tous les ennuis qu'aurait accumulés au-dessus de sa tête la Renommée aux cents bouches, car il ne devait repartir que le surlendemain.

C'est bien ce qui avait été convenu entre son compagnon et lui. En effet, différentes affaires retiendraient toute la journée M. Jaeger dans la capitale. Il s'en irait dès le matin et serait revenu le soir, s'engageant à tenir secrète, et sur la demande expresse de celui-ci, l'arrivée d'Ilia Krusch.

La nuit achevée, M. Jaeger partit donc dès huit heures, et, sans faute, il reviendrait pour le souper.

«Je peux compter sur vous, monsieur Jaeger?...

— Absolument, monsieur Krusch.»

M. Jaeger débarqua, et, d'un pas agile, s'engagea le long du Donau-Canal, entre les deux quartiers du AusterGrund et de Leopoldstadt, à travers un dédale de rues bien connues de lui qui devaient le conduire au centre de la cité.

Si la journée fut fertile en incidents pour M. Jaeger, elle fut des plus monotones pour Ilia

Krusch. Et pourtant les feuilles locales avaient annoncé qu'il passerait à Vienne vers cette époque. Il put même le constater en lisant un journal dans un petit café non loin de l'appontement. Et les habitués ne se doutaient guère que le lauréat de la Ligne danubienne dégustait son bock dans un coin de la salle.

Puis, Ilia Krusch revint à la barge, dont il fit la toilette avec soin. Les fonds et les bancs furent lavés à grande eau, la literie du tôt resta exposée aux rayons du soleil, après avoir été secouée et battue ; et, en se livrant à ce travail, il pensait bien plus à l'ami Jaeger qu'à lui-même. Enfin, au dîner de midi, il s'installa sur le banc de l'arrière, et mangea avec la modération qui convient aux estomacs bien entretenus et le calme qui provient d'une conscience tranquille.

« Et où est-il, maintenant ?... pensait Ilia Krusch. Il n'est pas étonnant qu'un ancien voyageur de commerce ait nombre de connaissances dans cette grande ville... Les a-t-il rencontrées ?... Il aura déjeuné chez l'un, dîné chez l'autre, et j'ai grand-peur d'être encore seul au souper de ce soir !... C'est décidément un excellent compagnon, ce M. Jaeger, et je ne me repens pas d'avoir accepté sa proposition !... Ce n'est pas que je me serais ennuyé pendant ce parcours !... Mais enfin, la société de M. Jaeger est fort agréable... Il paraît avoir quelque goût pour les choses de la pêche, et, quand nous serons arrivés là-bas, j'aurai recruté un membre de plus pour la Ligne danubienne ! »

Ainsi songeait Ilia Krusch, à qui M. Jaeger inspirait tant de sympathie.

« Ah ! par exemple, se dit-il, pourvu qu'il n'ait pas la langue trop longue et ne parle pas de notre arrivée ici !... Je le sais, il y va de son intérêt et la vente en profite !... Mais, nous n'avons plus rien de notre pêche depuis hier !... Tout est parti !... Il est donc inutile... »

Oui, c'était toujours la crainte d'Ilia Krusch. Mais enfin, M. Jaeger avait formellement promis de se taire, et il serait sans exemple qu'un ancien voyageur de commerce eût manqué à sa promesse.

Dans l'après-midi, tout en fumant sa longue pipe, Ilia Krusch alla renouveler quelques-unes des provisions qui tiraient à leur fin, du pain frais, des œufs, de la bière. En remontant la rive, les passants qu'il rencontra furent assez rares. L'animation existait plutôt sur le bras du fleuve, sillonné par nombre d'embarcations. Mais on ne fit jamais attention à l'humble barge, amarrée au fond de la crique.

La journée s'écoula, le soir vint ; Ilia Krusch n'attendait pas sans une certaine impatience le retour de son compagnon. Le temps lui parut long. Il comptait les minutes. La nuit venait et M. Jaeger ne faisait pas comme la nuit.

Sept heures sonnaient aux églises de Vienne

et le vent du nord apportait les tintements de leurs cloches.

M. Jaeger ne paraissait pas.

Huit heures, et M. Jaeger ne se montrait ni en amont ni en aval de la berge.

« Que lui est-il arrivé?... se demandait Ilia Krusch. Quelque affaire qui l'aura retenu... quelque accident peut-être !... N'arrivera-t-il que dans la nuit?... Sera-t-il retardé jusqu'à demain matin?... et nous qui devions partir à la pointe du jour... Eh bien, j'attendrai... Oui !... j'attendrai... sans me coucher, et d'ailleurs, je ne pourrais dormir ! »

Pour un personnage aussi flegmatique que doit être le véritable pêcheur à la ligne, peut-être s'étonnera-t-on qu'Ilia Krusch montrât tant de nervosité. À cela il n'est pas possible de donner d'autre explication si ce n'est qu'il en était ainsi. Du reste, décidé à attendre, il attendrait, et ne commettrait point la faute d'aller à la recherche de M. Jaeger. Où le trouver dans cette vaste ville?...

Ilia Krusch s'assit donc à l'arrière de la barge, et pour occuper le temps, il prit sa ligne, il l'amorça de façon convenable. La nuit n'est pourtant pas très favorable à la pêche; le poisson paraît trouver plus facilement sa nourriture entre le coucher et le lever du soleil. C'est la raison pour laquelle il mord plus difficilement à la première heure du jour, parce que la faim ne l'aiguillonne plus. Mais Ilia Krusch voulait « tuer le temps » et il n'aurait pu le faire d'une main plus sûre.

Or, il avait déjà ferré un barbillon et deux épinoches, et il venait de sonner la demie de huit heures, lorsqu'il s'entendit interpeller du haut de la berge.

« Monsieur Krusch... monsieur Krusch ?... »

Il se redressa et entrevit un individu qui s'avançait sur l'appontement.

« Allons ! pensa-t-il, voilà que l'on sait mon nom ! »

Et, très décontenancé, il hésitait à répondre, lorsque l'individu cria de nouveau en forçant sa voix :

« Monsieur Krusch ?... monsieur Krusch ?... Est-ce que vous n'êtes pas là, monsieur Krusch ?... »

Ilia Krusch se leva alors et répondit :

« Que me voulez-vous, monsieur ?...

— Vous remettre une lettre...

— Une lettre à moi ?... Et de quelle part ?...

— De la part de M. Jaeger. »

Enfin, Ilia Krusch allait avoir des nouvelles de son compagnon. Mais comment celui-ci avait-il eu l'imprudence de lui écrire sous son nom — et, par conséquent, de le faire connaître — alors qu'il devait le tenir caché. Il fallait donc que ce fût bien pressant, et qui sait ? bien grave, ce que lui mandait M. Jaeger.

Dans un instant, il serait fixé à cet égard.

« Passez-moi cette lettre, dit-il en tendant le bras vers l'individu.

— Mais... vous êtes bien M. Ilia Krusch?... répéta celui-ci.

— Eh! oui... je le suis! », répliqua Ilia Krusch, dont la voix trahissait un vif mécontentement.

Dès qu'il eut la lettre entre les mains, il demanda d'un ton plus radouci :

« Qu'ai-je à payer pour votre course?...

— Oh! rien... j'ai reçu un florin de la personne qui m'a envoyé ici.

— Et que vous ne connaissez pas?...

— Que je ne connais pas! »

Cependant, Ilia Krusch s'était assis près du tôt, il avait pris un petit fanal, il l'avait allumé, et il lut la lettre qui était conçue en ces termes :

« Vienne, 8 heures soir

« Mon cher Monsieur Krusch,

« Une circonstance imprévue m'oblige à quitter Vienne dans quelques instants... Je n'ai pas le temps d'aller vous prévenir... Je ne sais même plus ni où ni quand il me sera possible de vous rejoindre... Je le ferai cependant, tôt ou tard... peut-être du côté de Pest, peut-être du côté de Belgrade.

« Jusque-là, continuez sans moi notre voyage, je souhaite qu'il réussisse à votre gré.

« J'ai remis cette lettre à un commissaire, et il a bien

fallu faire connaître et votre adresse et votre nom. Espé-
rons que cela ne vous causera pas trop de désagré-
ments, et que vous saurez vous tirer d'affaire.

« Et, maintenant, bon voyage, et aussi bonne pêche,
car vous savez à quel point j'y suis intéressé, et je n'au-
rai pas lieu de regretter le prix dont je vous l'ai payée
d'avance.

« Avec tous les regrets de votre compagnon,

JAEGER. »

Telle était cette lettre, qui ne fut pas sans trop
surprendre Ilia Krusch. Quelle affaire pouvait
obliger M. Jaeger à quitter Vienne si précipitamment? Cela serait matière à réflexion, mais
comme il s'aperçut que l'homme se tenait
encore sur l'appontement :

« C'est bien, mon ami, dit-il, vous pouvez vous
en aller... il n'y a pas de réponse... »

Et l'autre de rester et de dire :

« Ainsi vous êtes bien M. Ilia Krusch ?...

— Oui... Ilia Krusch.

— Krusch le pêcheur ?...

— Le pêcheur... Bonsoir...

— Eh bien, quand on va savoir cela dans la
ville, vous pouvez vous attendre à voir la barge
envahie par les curieux.

— Ah! vraiment...

— Vous serez encore là demain matin ?...

— Comment donc, mon ami !

« — Alors bonsoir...

— Bonsoir ! »

Et l'homme partit, tout courant, enchanté d'aller répandre la grande nouvelle !

Le lendemain, dès trois heures, alors qu'il faisait encore nuit, Ilia Krusch avait détaché sa barge. Une demi-heure plus tard, elle rencontrait les eaux du Danube aux Moulins impériaux, deux lignes de vingt bateaux chacune dont les roues tournent au courant, et lorsque la foule des admirateurs, le matin venu, se pressait sur l'appontement et sur la rive, elle se trouvait déjà à une bonne lieue de la capitale.

On voit maintenant par suite de quelles circonstances très imprévues, Ilia Krusch descendait seul alors le cours du fleuve. Après avoir dépassé Essling et Lobau, île ronde et inhabitée, deux noms célèbres dans les fastes historiques du Premier Empire, il continuait sa tranquille navigation vers Presbourg.

Le parcours entre Vienne et Presbourg parut bien long à Ilia Krusch. Il connaissait si bien le grand fleuve que ses points de vue n'avaient plus d'intérêt pour lui. Navigation monotone, entre des rives assez basses, sur la droite principalement, jusqu'à la bourgade de Fischament, et qui se relèvent aux environs de la bourgade de Regalsbrun. Et, plus loin, la montagne de Hainbourg n'obtint de lui qu'une attention distraite. Il pêchait le matin, il dérivait tout le jour, il repêchait le soir, il allait vendre son poisson dans les hameaux, de préférence aux bourgades et aux villes, il y passait la nuit, et repartait dès l'aube.

C'est ainsi qu'Ilia Krusch atteignit la frontière qui sépare l'archiduché du Royaume magyar, frontière que la Leytha délimite à gauche, et la March[1] à droite, deux grands tributaires du Danube. Quelques gabares sortaient de la March, le premier cours d'eau de la rive gauche qui fût navigable, ceux de droite, l'Inn, l'Enns, la Traise servant déjà au service de la batellerie.

Après avoir franchi le défilé qui porte le nom de Porte de Hongrie, après avoir contourné les pointes multiples que les Petites Karpates enfoncent dans le fleuve comme les dents d'une scie, et dont l'une est couronnée par la tour légendaire de Theben, après avoir longé l'île qui semble barrer le Danube en cet endroit, Ilia Krusch franchit le pont de bateau, et vint passer la nuit devant la dernière maison de Presbourg.

Et toujours il songeait à M. Jaeger. Non ! d'après la lettre de l'absent, ce n'est pas dans cette capitale officielle du Royaume magyar qu'ils seraient de nouveau réunis. Et serait-ce même dans la partie hongroise du fleuve, à Comorn, à Buda-Pest que tous deux se rejoindraient ? Peut-être si M. Jaeger eût été là, aurait-il voulu s'ar-

---

1. March, nom allemand de la Morave, qui donne son nom à la Moravie.

rêter quelques heures dans cette cité de quarante-cinq mille habitants, et qui ne s'anime vraiment qu'à l'époque où se tient la diète hongroise, une ville recherchée des gens paisibles, des petits rentiers, où l'existence est peu coûteuse, car cette partie de la Hongrie est fertile en vins et en céréales. Il est vrai, Presbourg n'offre point de curiosités architecturales aux touristes, mais sa situation, avec l'énorme château quadrangulaire aux angles relevés en tourelles, ne laisse pas d'être pittoresque.

Enfin, M. Jaeger n'était pas là, et il ne vint pas là, et le lendemain 23 mai, ce fut seul que son compagnon reprit le courant du Danube.

Une trentaine de lieues de Presbourg à Raab, une quinzaine de Raab à Comorn, autant de Comorn à Gran, une vingtaine de Gran à Buda-Pest, en tout près de quatre-vingts, tel est le parcours que la barge aurait à effectuer avant d'atteindre la capitale du royaume de Hongrie. Une grande semaine, tel était le temps qu'emploierait Ilia Krusch pour se rendre de Presbourg à Pest. La navigation est intéressante sur cette partie du fleuve, mais combien elle l'eût paru davantage, si M. Jaeger eut occupé sa place habituelle.

Cependant, la barge filait le long de la rive gauche, dans la direction du sud-est. Une plate mais riche campagne s'étendait des deux côtés. Le lit, en maint endroit, est semé d'îles, dont quelques-unes ont une étendue considérable, entre autres celle que les Hongrois appellent le Jardin d'or.

Aucun incident ne marqua le passage d'Ilia Krusch, ce dont il ne songeait point à se plaindre. La vente ne se ressentait pas trop de son incognito. Ses poissons trouvaient facilement acheteurs. Il semblait qu'il eût le talent de les choisir sous les eaux courantes, — pas les acheteurs, les poissons. Mais avec quelle sagacité, avec quel talent, il savait choisir ses hameçons pour leur grosseur, ses amorces pour leur qualité ! Ce n'est pas à son propos qu'on aurait pu répéter le fameux dicton, — faux comme la plupart des dictons : la ligne est un instrument qui a quelquefois une bête à son extrémité, et toujours une bête à l'autre !

À Raab, le Danube reçoit un affluent qui porte le même nom que la forteresse. Ce chef-lieu du comitat est peuplé de quatorze à quinze mille habitants, et ce jour-là, si ce nombre fut accru d'une unité grâce à la présence momentanée d'Ilia Krusch, il ne le fut pas de deux, puisque M. Jaeger ne vint pas reprendre sa place sous le tôt hospitalier de la barge.

À la forteresse de Raab succéda la forteresse de Comorn, non moins célèbre. Ilia Krusch dut aller jusqu'au marché pour vendre le produit de sa pêche. C'est là qu'il entendit parler d'une rencontre qui avait eu lieu dans les Petites Karpates entre la bande de Latzko et une escouade dirigée par Karl Dragoch en personne. Dans cette rencontre, les agents avaient eu le dessous. Depuis on n'avait plus revu Karl Dragoch et on ne savait pas ce qu'il avait pu devenir. Aucune affirmation précise à ce sujet.

« Eh ! fit Ilia Krusch, voilà une nouvelle qui aurait fait de la peine à M. Jaeger ! Lorsque nous en avons parlé, il m'a semblé prendre un vif intérêt au chef de police. »

Mais enfin, ce n'était là qu'une observation d'Ilia Krusch que son compagnon aurait peut-être confirmée, si, à cette heure, il n'eut pas été...

« Où ? ne cessait de se demander Ilia Krusch, oui ! où ?... »

Et il en arriva à penser que décidément cette absence présentait un côté mystérieux.

Il a été mentionné que la campagne hongroise est des plus riches, et sa richesse est principalement due à ses vignobles. C'est sur ces collines, dont l'exposition vaut celle des similaires de la Bourgogne, que prospèrent les ceps du fameux tokay et autres crus de première marque. En même temps, elle produit les céréales et le tabac dans une proportion énorme. Assurément, si Latzko venait se ravitailler dans cette contrée en vue de la contrebande, il pouvait remplir ses bateaux à pleine charge.

Du reste, ce n'est pas l'eau qui leur eût manqué pour descendre le Danube. À partir de ce point, le fleuve, alimenté par ses affluents de droite et de gauche, offre assez de profondeur pour que des navires de guerre de moyen tonnage ne risquent pas de racler ses fonds, à la condition de bien choisir les passes.

Les montagnes reparurent à la ville de Gran, siège d'un évêché primatial qui compte parmi les plus importants du Royaume. Il est possible, ce jour-là, — c'était un vendredi — que l'évêque ait vu figurer sur sa table un brochet de quinze livres et un couple de carpes superbes que la ligne d'Ilia Krusch avait adroitement extraits des eaux danubiennes.

Inutile d'ajouter que la batellerie était maintenant très active, et, puisque M. Jaeger aimait tant à observer les bateaux en cours de navigation, il eût pu largement satisfaire cette très personnelle curiosité. Il y avait parfois même encombrement, car le cours du fleuve se resserrait entre les premières ramifications des Alpes noriques et des Karpates.

Aussi se produisait-il parfois des échouages ou des abordages, peu dommageables en somme. Le malheur se réduisait à une perte de temps. L'attention des pratiques et des pilotes ne devait pas être un seul instant en défaut. Mais lorsque la collision se produisait, que de cris, que d'invectives, que de querelles, et, on le pense bien, Ilia Krusch se gardait bien d'intervenir.

Toutefois, il ne fut pas sans remarquer un chaland d'une capacité de deux cents tonnes, qui lui parut mieux dirigé que les autres. Le vent étant favorable, le patron avait hissé une grande voile au mât guindé au-dessus de la plate-forme. Ces sortes de chalands sont recouverts d'une sorte de superstructure, d'un pont supérieur qui s'étend jusqu'à l'arrière en recouvrant le rouf habité par le personnel, et dont un mâtereau à l'avant développe le pavillon national.

Le plus ordinairement, deux longues godilles à large pelle, fixées à l'arrière de ce pont, permettent de gouverner en combinant leur double action, surtout lorsqu'il s'abandonne à la dérive. Mais telle n'était pas la disposition du bateau dont il s'agit, lequel mettait à profit la brise toutes les fois que la direction du fleuve le permettait. Un gouvernail à large safran, ayant en largeur ce qu'il perdait en hauteur vu le faible tirant d'eau, permettait au pilote de le maintenir en bonne direction.

Celui-ci était donc gouverné d'une main prudente et sûre. Il se glissait adroitement entre les autres bateaux qu'il distançait sans peine. Si par moments il les embarrassait ou coupait leur marche, ses mariniers tenaient peu compte des récriminations soulevées sur leur passage.

« Il y a un bon pilote à bord, se dit Ilia Krusch, et cela me rappelle mon ancien métier !... Nous étions quelques-uns comme cela, à Racz, où le pilotage est en honneur, et, s'il le fallait, l'œil est aussi bon, le bras solide, et je ne bouderais pas à la besogne ! »

Que l'on pardonne ce petit éclair de vanité à ce brave homme. D'ailleurs il n'oubliait pas ses camarades et compatriotes de Racz, et la vérité est que chez ces anciens pilotes « on a cela dans le sang » jusqu'à la fin de ses jours.

À mesure que le Danube gagnait vers l'aval, l'aspect des rives devenait plus sévère. Il régnait aussi une animation qui allait croissant, ainsi que cela se produit aux approches des grandes cités. Les îles ombreuses et verdoyantes se multipliaient, ne laissant parfois entre elles que d'étroits canaux. Mais si les chalands choisissaient des bras navigables, ces canaux suffisaient à la navigation de plaisance. Des embarcations légères, à vapeur ou à voile, chargées de promeneurs ou de touristes, se glissaient entre les îles.

Le temps était beau, la brise favorable. Les rayons solaires perçaient entre les petits nuages qui s'envolaient vers le sud, direction que suit le Danube depuis la bourgade de Waïtzen au-dessous de Gran.

« Et que n'est-il là, M. Jaeger ! pensait Ilia Krusch. Ce spectacle le ravirait... Et après tout, qui sait si je ne vais pas le retrouver bientôt?... À Buda ou à Pest, c'est tout comme, et cela me fait deux chances au lieu d'une ! »

En effet, d'un côté, à droite, est Buda, l'ancienne ville turque, et à gauche, Pest, la capitale hongroise. Elles se font face comme le font aussi une centaine de lieues plus bas, Semlin et Belgrade, ces deux ennemies historiques.

C'est à Pest qu'Ilia Krusch avait l'intention de passer la nuit, peut-être même la journée du lendemain et la nuit suivante, toujours dans l'espoir d'avoir des nouvelles de l'absent. Aussi la barge, au milieu de cette flottille d'embarcations joyeuses, longeait-elle tranquillement la berge de gauche.

S'il eût été moins absorbé par le spectacle enchanteur que présentaient ces deux villes, leurs maisons à arcades, à terrasses, disposées en bordure des quais, les clochers des églises que le soleil à cinq heures du soir dorait de ses derniers feux ; oui, si toutes ces merveilles n'eussent pas sollicité son regard, peut-être aurait-il fait cette observation qu'eût faite assurément M. Jaeger : c'est que depuis un certain temps déjà, une embarcation, montée par trois hommes, deux aux avirons, un à la barre, semblait se tenir en arrière de la barge.

Comme Ilia Krusch connaissait un petit coin du fleuve, à l'extrémité de la ville, où il serait bien tranquille pendant ses douze ou trente-six heures de relâche, il continua sa route, et l'embarcation l'accompagna, à la distance d'une vingtaine de pieds.

Enfin, la barge atteignit la place qu'elle devait occuper, un enfoncement où elle n'aurait à craindre ni collision ni indiscrétion.

Mais, au grand ennui d'Ilia Krusch, une cinquantaine de personnes, hommes et femmes, étaient réunis en cet endroit du quai.

« Bon ! se dit Ilia Krusch, je suis signalé ! »

Et peut-être allait-il reprendre sa route, lorsque l'embarcation vint accoster.

Quant aux curieux, ils semblaient animés d'intentions plutôt malveillantes que bienveillantes, et un sourd murmure courait à travers cette foule.

L'homme, qui était à l'arrière de l'embarcation, sauta dans la barge avec l'un de ses compagnons. Puis, s'adressant au nouvel arrivé :

« Vous êtes bien Ilia Krusch ?... demanda-t-il.

— Oui... murmura le brave homme.

— Alors, suivez-moi ! »

XI

Kruschistes
et Antikruschistes

Si Buda fut pendant un siècle et demi la résidence d'un pacha, l'une des plus importantes
places fortes de l'Empire ottoman, si elle dut se
résigner à être turque, elle est actuellement bien
autrichienne, plus même qu'elle n'est hongroise, bien qu'elle soit officiellement considé-
rée comme capitale de la Hongrie. Mais elle ne
possède que cinquante mille habitants; ses édi-
fices publics, cathédrale, églises et palais n'oc-
cupent point un rang élevé dans l'art architec-
tural; commerce et industrie y sont à peu près
nuls. C'est une ville militaire, une ville à «régiments qui passent», une ville à patrouilles qui
parcourent les rues à toute heure. Elle a un château, un arsenal, un théâtre, elle est la résidence
du gouverneur et des autorités militaires et
civiles. Et malgré tous ces avantages, elle est à
bon droit jalouse de Pest, qui lui fait face de
l'autre côté du grand fleuve.

Pest, au contraire, c'est la vie intense, avec

cent trente et un mille habitants, c'est l'animation commerciale, c'est la ville des Magyars, autant dire une cité de gentilshommes. À Pest se tient la Diète et fonctionnent les hautes cours de justice. Ses théâtres, ses promenades sont fréquentés et les touristes trouvent le temps trop court dans une ville où l'on aime à la folie la musique et la danse. Et puis, quatre foires par an, où les affaires se traitent par millions. Si ses monuments ne dépassent point en valeur artistique ceux de sa rivale, son jardin public, le Stadtvallchen, est un parc délicieux avec frais ombrages, eaux vives, pelouses verdoyantes, petits lacs où circulent d'élégantes embarcations. Avec toutes ces attractions, on comprendra que Pest ait quelque dédain pour Buda.

Ce n'est donc pas seulement le Danube qui sépare les deux cités, c'est tout un ensemble de mœurs, de coutumes, de caractères, dont le contraste est frappant.

S'il a été possible d'établir entre les deux villes un pont de bateau que remplace maintenant un superbe pont suspendu sur deux piles intermédiaires, il serait autrement difficile d'établir le pont moral qui réunirait dans un même sentiment de sympathie les deux cités.

Et, enfin, si le voyageur veut les contempler chacune sous leur aspect le plus pittoresque, qu'il aille voir Buda de Pest et Pest de Buda. Il ne regrettera son excursion ni d'un côté ni de l'autre.

Du reste, en ce moment, Pest présentait une animation toute particulière ; les étrangers y affluaient ; les paysans, venus des environs, encombraient les marchés ; sur les quais s'allongeaient des files de véhicules à quatre roues, surmontés à l'arrière d'une petite tente aux toiles bariolées sous laquelle s'étalaient les paniers de légumes et de fruits et les caisses de volailles. La circulation devenait difficile à travers les rues et jusque dans les quartiers plus reculés. Nombre d'embarcations, sans parler des grands chalands et des dampfschiffs, descendaient et remontaient le fleuve. Ilia Krusch eût difficilement trouvé à remiser sa barge près de la rive gauche, s'il n'eut connu ce petit coin désert, à l'extrémité de la ville, où elle était maintenant confiée à la garde d'un agent de police.

Et pourquoi tout ce mouvement dans un chef-lieu du comitat ? C'est que la Diète était alors réunie à Pest en cette première semaine du mois de juin. Les radicaux, réfractaires à l'influence autrichienne, entreraient en lutte plus ou moins courtoise avec les légistes qui représentaient le parti modéré. Au-dessus du palais se déroulaient les longs plis verts, blancs et rouges du drapeau hongrois.

Or, il advint que, pendant quelques jours, les passions que soulève la Diète allaient être réprimées par les passions enflammées d'une affaire qui eut un moment de retentissement sous le nom d'affaire Krusch. On va voir dans quelles conditions les villes rivales prirent fait et cause pour ou contre l'infortuné lauréat de la Ligne danubienne. Et, tout d'abord, au début, avant d'en rien connaître, on fut kruschiste à Pest, antikruschiste à Buda.

Sur l'injonction qu'il avait reçue, sans même demander la qualité de celui qui l'arrêtait, ni pourquoi on l'arrêtait, Ilia Krusch, en homme obéissant et soumis, avait pris pied sur le quai.

«Marchons!», lui fut-il dit aussitôt.

Et Ilia Krusch avait marché, il est vrai entre les deux agents, car il lui fallut bien les reconnaître pour tels. Et encore dut-il s'estimer heureux qu'on ne lui eût pas mis les menottes. Du reste, il l'eût souffert sans mot dire, étant donné sa nature si particulièrement adoucie par un long exercice de la pêche à la ligne.

Ce qui l'étonnait le plus, c'étaient les sentiments du public sur son passage, sentiments manifestement hostiles, des cris, des menaces, des regards d'indignation et d'horreur.

«C'est lui, vociférait l'un.

— Il en a bien l'air! hurlait l'autre.

— Quelle mauvaise figure!

— Mais enfin on le tient, et on ne le lâchera pas!...

— Et il n'aura pas volé ce qui l'attend!...»

Des mégères, — il y en a partout, même à Pest, — venaient lui fourrer le poing sous le nez.

Comme on l'imagine, l'escorte ne pouvait que s'accroître en chemin. *Crescit eundo*[1], aurait pensé Ilia Krusch, s'il eût su le latin, et si son ahurissement n'avait été croissant aussi.

Bref, après avoir traversé plusieurs quartiers populeux, les agents et leur prisonnier arrivèrent devant un édifice qui ressemblait singulièrement à ces maisons spéciales dans lesquelles on entre quand on ne veut pas, et dont on ne sort pas quand on veut.

C'était la prison de la ville. La porte s'ouvrit, le gardien parut, reçut Ilia Krusch comme un hôte dont il attendait l'arrivée, et la porte se referma au milieu des clameurs d'une foule qui comptait bien alors une centaine de personnes.

Quelques instants après, Ilia Krusch se trouvait seul dans une cellule, meublée d'un lit et d'un banc, et les verrous étaient poussés sur lui, sans que ni geôlier ni agents ne lui eussent dit la cause de son arrestation.

Au surplus, tant il était arrivé au dernier degré de l'hébétement, le pauvre homme ne l'avait pas même demandée.

Il n'était cependant pas condamné à mourir ni de faim ni de soif. Il y avait, sur une tablette scellée au mur, un morceau de pain, il le mangea, près du morceau de pain une cruche d'eau, il en but quelques gouttes.

---

1. « Il croît en allant. » Cette devise se dit d'un fleuve.

Pendant ce temps, le jour, qui pénétrait par une étroite meurtrière grillée, s'effaçait peu à peu. La nuit ne tarda pas à venir, et la cellule fut plongée dans une complète obscurité.

Ilia Krusch s'étendit alors sur son lit tout habillé, et, s'interrogeant aussi consciencieusement que possible :

« Ah ça ! qu'est-ce que j'ai donc fait ?... », dit-il.

Quelles tristes heures il eut à passer, et combien la nuit lui parut longue ! Mais enfin, il finit par s'endormir, et, comme il ne se sentait pas coupable, il ne fit aucun mauvais rêve. Au contraire. Il rêva d'un brochet de vingt et une livres pris avec une amorce de têtard, également de M. Jaeger, qui était venu le rejoindre, et les deux amis descendaient paisiblement le cours du fleuve.

Au réveil, il fallut déchanter, et la réalité reparut dans toute son horreur.

Le gardien vint le matin, puis le soir renouveler les provisions du prisonnier. À ces deux visites, Ilia Krusch demanda poliment pourquoi on l'avait incarcéré entre quatre murs. Mais, sans doute, le geôlier avait reçu ordre de ne point répondre, et ne répondit pas.

« Enfin... est-ce grave ? », se permit de dire ingénument le prisonnier.

Un hochement de tête, ce fut tout ce qu'il

obtint, et encore ce hochement semblait-il indi-
quer que l'affaire était de la dernière gravité.

Vint la nuit, puis le sommeil, assez tard il est
vrai. Les rêves furent moins heureux, et, cette
fois, M. Jaeger n'était plus dans la barge.

« Et qu'est-ce qu'ils ont fait de mon bateau ?...
s'était répété plusieurs fois Ilia Krusch, et mes
lignes, et mes hameçons, et tout mon attirail de
pêche, qu'est-ce que cela va devenir ?... et puis,
est-ce qu'ils vont me garder longtemps dans leur
prison ? »

Et, enfin, cette désolante question qu'il ne
cessait de s'adresser, et qui revenait constam-
ment sous cette forme :

« Qu'est-ce que cela signifie ?... Qu'est-ce que
cela signifie ?... »

Ilia Krusch ne devait pas tarder à être fixé sur
ce point.

Le lendemain, 2 juin, vers dix heures, la porte
de la cellule s'ouvrit, puis, un peu plus tard, la
porte de la prison que le prisonnier franchit en
compagnie du geôlier. Une voiture l'attendait
dans la rue, il y monta avec deux agents. Les
curieux étaient nombreux et tout aussi hostiles
que la veille.

« C'est lui... c'est lui ! criait-on de toutes parts.

— Qui ? Lui ?... », se demandait Ilia Krusch.

La voiture fila rapidement, et, un quart
d'heure après, elle s'arrêtait devant, non point
le palais de justice, devant l'Hôtel de Ville. Le

prisonnier descendait et était introduit dans une chambre basse où les deux agents avaient ordre de lui tenir compagnie.

Si la Diète était alors réunie à Pest, conformément au pacte constitutionnel, la commission internationale l'était également sur convocation urgente et spéciale. Tous les membres qui la composaient n'avaient pu venir, les uns absents, les autres prévenus trop tard. Elle ne comprenait donc que le président Roth du duché de Bade, le secrétaire Choczim de la Bessarabie, M. Hanish de la Hongrie, M. Ouroch de la Serbie et M. Titcha de la Moldavie. En tout cinq membres ayant qualité pour délibérer régulièrement.

On ne l'a point oublié, à l'unanimité, la Commission avait fait choix du chef de police Karl Dragoch pour organiser de nouvelles poursuites contre les fraudeurs qui faisaient la contrebande par le Danube. Karl Dragoch s'était mis immédiatement en campagne. On lui avait laissé toute liberté d'agir sous sa responsabilité, et il ne devait en référer aux commissaires que lorsqu'il le jugerait opportun. Que faisait-il ? Dans quelles conditions opérait-il, on ne savait, et d'ailleurs, toute indiscrétion eût pu compromettre le succès de ses recherches.

Or, on avait été sans nouvelles de lui jusqu'au jour où le bruit courut d'un engagement de l'escouade qu'il dirigeait avec la bande de Latzko, à l'entrée des Petites Karpates. Dans cette rencontre avec des forces trop supérieures, il avait dû se retirer, et depuis lors, on ne savait plus ce qu'il était devenu.

Ce fut peu de temps après que le président Roth reçut une dénonciation de telle gravité qu'il crut devoir réunir la commission internationale à Pest où le coupable présumé serait assurément mis en état d'arrestation dès son arrivée. Cette dénonciation attirait l'attention des commissaires sur une série de faits qui lui donnaient un caractère des plus sérieux. Elle n'était point anonyme, d'ailleurs, et portait la signature du chef de police de Belgrade, qui disait ses renseignements puisés aux meilleures sources.

Il aurait été contraire à toute raison que le président Roth n'en tînt pas compte, et, après en avoir causé avec ceux de ses collègues qu'il put rencontrer, résolution fut prise de convoquer la Commission pour le 2 juin dans la capitale de la Hongrie. Et c'est ainsi que sur les dix membres qui la composaient, cinq à cette date tenaient séance dans une des salles de l'Hôtel de Ville à Pest.

Cette séance ne devait pas être publique, mais, ainsi que cela se fait d'habitude pour les séances qui ne doivent pas être publiques, la salle était pleine de privilégiés dès neuf heures du matin. Du reste, la Commission n'avait point à juger l'accusé en dernier ressort. Mais, ayant été instituée en vue de poursuivre Latzko et sa bande, elle déclarerait simplement si l'homme qui allait comparaître devant elle serait oui ou non traduit devant la justice qui lui appliquerait la loi.

À dix heures et demie, les commissaires étaient en place, et sur l'ordre de M. Roth, l'accusé fut introduit.

Ilia Krusch parut, véritablement plus hébété que jamais, les yeux baissés, l'air honteux, et, il faut l'avouer, ayant bien la mine d'un coupable. Il se tint debout devant le bureau, et l'interrogatoire se poursuivit entre le président Ròth et lui dans les termes suivants, tandis que le secrétaire Choczim notait demandes et réponses.

«Votre nom?...

— Ilia Krusch.

— Votre nationalité?...

— Hongroise.

— Votre lieu de naissance?...

— Racz sur la Theiss.

— Votre lieu d'habitation?...

— Racz.

— Votre âge?...

— Cinquante-deux ans...

— Votre profession?...

— J'ai été pendant une vingtaine d'années pilote sur le Danube.

— Et maintenant?...

— Maintenant, je suis à la retraite, et ne serais jamais sorti de Racz, sans doute, si l'idée ne m'était venue d'aller prendre part au concours de la Ligne danubienne...

— Où vous avez remporté un double prix?...

— Oui, monsieur le président, le prix du nombre avec soixante-dix-neuf poissons, et le prix du poids avec un brochet de dix-sept livres. »

Ilia Krusch s'était peu à peu remonté en parlant, et d'ailleurs, à des demandes aussi précises, il avait pu répondre par des réponses non moins précises. Jusqu'alors, son attitude lui avait été plutôt favorable, et dût-on lui reprocher le plus grave des méfaits, il faut avouer qu'il n'avait point l'air d'un malfaiteur.

Au surplus, il ne savait pas encore pourquoi il avait été arrêté en arrivant à Pest, et pour quel motif il comparaissait devant la commission internationale.

« Ainsi, reprit le président, c'est uniquement dans le but de concourir que vous avez quitté Racz pour vous rendre à Sigmaringen.

— Uniquement dans ce but, répondit Ilia Krusch, et cela m'a valu de gagner deux primes d'une valeur de deux cents florins.

— En effet, répondit le président, mais d'un ton qui parut quelque peu ironique. Mais, après ce succès, il semble que vous n'auriez plus eu qu'à retourner tranquillement à Racz pour y jouir de votre triomphe !...

— Et c'est ce que j'ai fait, monsieur le président... répondit Ilia Krusch qui ne cacha point la surprise que lui causait cette observation.

— C'est ce que vous avez fait, oui... mais non dans les conditions ordinaires. Au lieu de prendre les voies ferrées, qui vous auraient ramené de la Saxe à la Hongrie, ou les dampf-schiffs qui font le service des voyageurs sur le Danube, vous avez eu cette originalité de descendre le fleuve, la ligne à la main, depuis sa source jusqu'à son embouchure.

— Est-ce donc défendu, monsieur le président ?...

— Non, certes, à moins que cette originalité ne vous ait servi à masquer des projets, comme nous n'en sommes que trop certains !

— Que voulez-vous dire, monsieur le président ? demanda Ilia Krusch, que cette réponse semblait troubler. Oui ! l'idée m'est venue à Sigmaringen de parcourir tout le Danube... J'avais une barge... je me suis rendu aux sources à Donaueschingen. J'ai jeté ma ligne... je suis arrivé tout en pêchant à Pest, et maintenant je serais en route pour Belgrade, si depuis deux jours je n'étais arrêté sans qu'on ait voulu m'en donner la raison...

— Je vais vous la donner, dit le président

Roth. Et d'abord, répondez de nouveau à cette question : vous vous appelez bien Ilia Krusch ?...

— Assurément.

— Eh bien non !... vous n'êtes point Ilia Krusch...

— Et qui suis-je donc ?...

— Vous êtes Latzko, le chef des fraudeurs.

— Moi... Latzko !... »

Et Ilia Krusch eût bien voulu protester contre cette affirmation, il ne put se faire entendre, car les clameurs de l'auditoire couvrirent sa voix.

Alors le président donna lecture de la lettre qu'il avait reçue. Réellement, elle était accablante pour le prétendu Ilia Krusch. À quel homme de bon sens serait jamais venue cette idée de pêcher à la ligne tout le long du Danube... si ce projet n'eût été destiné à en masquer d'autres... Si on ne mettait pas la main sur ce Latzko, c'est qu'il se cachait sous le nom d'Ilia Krusch. Il se savait traqué de toutes parts, il n'osait pas embarquer à bord de l'un de ses bateaux, exposés aux visites de la police et de la douane... Le chemin de terre lui était aussi difficile que le chemin du fleuve... De là, cette idée de venir au concours de Sigmaringen, puis, après le succès obtenu, soit grâce à son habileté, soit grâce au hasard, le projet formé et annoncé de descendre le Danube dans ces conditions peu ordinaires !... Et alors, sur cette barge qui passait inaperçue, il se laissait aller au courant comme son ou ses bateaux qu'il suivait nuit et jour, avec lesquels il pouvait rester en communication et dont il pouvait aussi surveiller le chargement clandestin sans éveiller les soupçons... Bref, tous ces arguments s'élevaient contre l'accusé et faisaient de lui le véritable Latzko et un faux Ilia Krusch.

Lorsque le pauvre homme eut entendu la lecture de cette lettre, il demeura accablé. Mille terreurs troublaient sa cervelle, ses yeux ne voyaient plus, ses oreilles n'entendaient plus, sa raison s'obscurcissait et il en venait à se dire :

« Est-ce que, par hasard, je serais Latzko et ne serais plus Ilia Krusch ?... »

Enfin, il sortit de sa torpeur pour demander que le président fît au moins prendre des renseignements sur lui à Racz, sa ville natale, ce qui lui permettrait d'établir son identité. Par condescendance, et toujours ironique, le président Roth lui donna la promesse que ce serait fait dans le délai le plus court, et il fut ramené à sa prison. Mais il ne faisait doute pour personne qu'il ne fût le chef des fraudeurs, caché sous le nom et l'habit du lauréat de la Ligne danubienne !

Cependant, il est à constater de nouveau que si la grande majorité de la population de Pest se prononça dans ce sens, la grande majorité de la population de Buda se prononça en sens

211

contraire. Ici les Kruschistes, là les Antikruschistes. Pure affaire de rivalité.

Encore une mauvaise nuit pour Ilia Krusch,
nuit d'insomnie cette fois. Certes, il se savait
aussi innocent que l'enfant qui va naître. Mais
est-on sûr de rien avec la justice humaine, et tant
d'erreurs judiciaires trop tard reconnues!... Et,
pour finir, sans doute, il allait être renvoyé
devant des juges!

Soudain une pensée lui traversa l'esprit... Et
M. Jaeger?... On ne lui avait pas parlé de M. Jae-
ger?... Est-ce qu'on ignorait la présence de
M. Jaeger dans la barge?...

Oui, on l'ignorait. Lorsqu'il s'était embarqué
à Ulm, c'est à peine si l'attention avait été attirée sur lui... Puis, en cours de navigation, Ilia
Krusch évitant les démonstrations publiques, il
avait passé inaperçu... Enfin, il n'était plus là le
jour où la barge avait été saisie par les agents à
Pest.

« Grand Dieu, se dit-il, si M. Jaeger était?... »
Mais il repoussa cette idée avec horreur.

« Non, se répétait-il, non!... un si excellent
homme!... Ah! j'ai bien fait de n'en point parler... Après moi, c'est lui qu'on eût accusé d'être
ce Latzko qu'il ne connaît pas plus que je ne le
connais moi-même! Il est heureux que ce président n'ait pas su que nous naviguions de compagnie... Et je ne dirai pas un mot de cela...
Non! je ne le dirai pas! »

Telle fut la résolution de cette excellente nature. Admettre que M. Jaeger fût Latzko... qu'il eût voulu faire ce que l'on reprochait à Ilia Krusch d'avoir fait... C'est une pensée à laquelle il ne voulait pas même s'arrêter... Et cependant, l'obstination de M. Jaeger à surveiller la batellerie danubienne... et ses visites dans les villes... et son absence précisément à l'époque où l'escouade de Karl Dragoch avait été mise en échec ?... N'y avait-il pas des conséquences à tirer de ces circonstances... Eh bien non ! Ilia Krusch n'en tirerait aucune. Il ne doutait pas d'ailleurs que si M. Jaeger venait à Pest, il n'hésiterait pas à se porter garant de son honnêteté, pas plus qu'il ne doutait, en somme, d'être reconnu innocent, lorsque son identité serait établie par les documents venus de Racz.

Le lendemain, Ilia Krusch attendit vainement d'être amené devant la commission internationale. S'il ne quitta point la prison, c'est sans doute parce qu'on attendait les renseignements demandés sur son compte.

Même journée, celle du 4 juin, et pendant laquelle Ilia Krusch fut abandonné à ses seules réflexions. Et comme il n'était pas encore poursuivi juridiquement, aucun avocat ne vint s'entretenir avec lui au sujet de l'affaire. Il en était donc réduit à s'entretenir avec lui-même. Et alors sa pensée revenait toujours à M. Jaeger. Assurément, ladite affaire jouissait d'un retentissement assez considérable pour être venue aux oreilles de M. Jaeger. Il était donc certain que M. Jaeger ne pouvait ignorer l'arrestation de son compagnon, qu'il ne chercherait point à le rejoindre sur quelque point du fleuve en aval, mais qu'il se transporterait plutôt en toute hâte à Pest pour déposer en faveur d'Ilia Krusch...

« À moins, pensait le brave homme, qu'il n'ait la crainte d'être lui aussi pris pour cet abominable Latzko, comme je le suis moi-même, et, ma foi, la perspective d'être incarcéré n'a rien de tentant. »

Et jamais, non jamais, ne lui venait un soupçon, même léger, sur son compagnon, soupçon qui serait assurément venu au président Roth, au secrétaire Choczim, et aussi à bien d'autres, pour ne pas dire à tout le monde, si on avait su dans quelles conditions M. Jaeger et Ilia Krusch avaient fait connaissance et descendu depuis Ulm le cours du grand fleuve !...

Enfin, dans la matinée du 5 juin, la porte de la cellule s'ouvrit de nouveau. Une voiture attendait l'accusé qui fut conduit à l'Hôtel de Ville dans le même cérémonial judiciaire qui lui avait été imposé déjà. S'il revenait devant la Commission, c'est que bien évidemment l'instruction de l'affaire avait fait quelques progrès. Du reste, la salle regorgeait comme la première fois, et comme la première fois les sentiments de l'auditoire ne paraissaient pas moins hostiles. Ilia Krusch était toujours Latzko.

Il faut dire, d'ailleurs, que depuis son arrestation, la police n'avait plus eu aucune nouvelle de Latzko, et, pour tout le monde, cela s'expliquait par le fait même de l'incarcération du faux Ilia Krusch.

L'accusé comparut donc devant les commissaires dans une attitude de découragement bien naturelle après quatre jours d'emprisonnement. Si fort qu'il fût de son innocence, son abattement, son inquiétude n'étaient que trop visibles. En vain cherchait-il dans la salle un regard ami... Il n'en voyait pas un, et, faut-il le dire, c'est sur le visage du président Roth qu'il crut apercevoir quelques symptômes de sympathie. Oui ! et aussi sur le visage du secrétaire Choczim et des autres membres de la Commission.

Ah ! quel effet, lorsque le président, prenant la parole, s'exprima en ces termes :

« Ilia Krusch, nous avons fait demander à Racz des renseignements sur votre compte. Je ne tarderai pas plus longtemps à vous dire qu'ils sont excellents de tous points... »

Un mouvement de surprise, et qui sait peut-être de désapprobation, courut à travers l'auditoire, qui voyait sa proie lui échapper.

« Excellents, reprit le président Roth. Le chef de police de Racz nous envoie des preuves indiscutables de votre identité et de votre probité personnelle... Oui, vous êtes bien Ilia Krusch. Vous avez bien été pilote, et un des plus habiles du Danube. Vous êtes bien à la retraite dans cette petite ville de Racz où est actuellement votre domicile... »

Ilia Krusch saluait, ma foi, comme s'il recevait des compliments, et il n'avait pas l'air plus ébahi de satisfaction le jour où il reçut sa double prime des mains du président Miclesco au concours de Sigmaringen.

Et alors, quelques hochs retentirent dans la salle.

« Nous avons fait fausse route, Ilia Krusch, dit en terminant le président Roth. Vous êtes libre, et il ne nous reste plus qu'à vous présenter nos excuses pour cette erreur, et en vous souhaitant plein succès dans votre original voyage ! »

L'affaire était terminée, tout à l'honneur d'Ilia Krusch, victime d'une méprise judiciaire hautement reconnue. Il n'avait plus qu'à regagner sa barge. Mais cela ne se fit pas sans enthousiastes démonstrations. Toute une foule l'accompagnait, où se mélangeaient les magnats, les Magyars, les Slovaques si nombreux parmi les ouvriers de la ville. Hommes, femmes, enfants accouraient de tous les quartiers pour voir le héros du jour, plus héros que jamais, et non moins que jamais embarrassé de tant de bravos et d'honneurs. Bien que ce fût allonger son chemin, il dut passer par le Stadtvallchen, où s'entassait le public, et un concert de Tsiganes qui allait se donner dans cet

216

admirable jardin vint joindre ses voix et ses instruments aux acclamations générales.

Il fut même, à un instant, question de conduire Ilia Krusch au Brückenbad, ces bains célèbres, où on l'eût passé à l'étuve pour le mieux laver encore des fausses accusations qui avaient sali son existence. Mais, comme il aurait fallu traverser le fleuve en amont de Buda, les Pestois y renoncèrent, et Ilia Krusch put se soustraire à cette triomphale cérémonie dont il n'avait pas besoin, d'ailleurs.

Enfin, la petite pointe derrière laquelle était amarrée la barge sous la garde d'un agent fut atteinte après un défilé de trois heures. Ilia Krusch put s'embarquer et se jeter dans le courant du Danube qui l'entraîna rapidement loin de cette cité nerveuse et démonstrative, où le digne homme avait connu les affres de la prison en attendant celles du supplice ! et les immenses joies de la réhabilitation. Quelque temps encore, une flottille d'embarcations l'accompagna jusqu'à ce qu'il eût perdu de vue les derniers clochers de la capitale, à quelques lieues en aval.

Il ne faudrait pas pourtant croire que l'affaire fût terminée par ce dénouement si heureux. Non, il y eut encore à se disputer de nombreux partis pour ou contre Ilia Krusch. Seulement, c'était Pest qui d'antikruschiste était devenue kruschiste, et c'était Buda qui de kruschiste était devenue antikruschiste.

XII

De Pest à Belgrade

En quittant Pest, Ilia Krusch avait accompli la moitié de son grand voyage, à quelques lieues près. Mais il faut bien reconnaître que la première moitié, si elle s'était effectuée sans risques ni fatigues, avait failli avoir un tragique dénouement. Et ce fut surtout lorsqu'il se sentit libre, lorsque les derniers hochs ne parvinrent plus à son oreille, lorsque la barge, seule et tranquille, glissa entre les rives, qu'il sentit combien la situation avait été grave pour lui.

« Moi... moi ! se répétait-il, moi Ilia Krusch de Racz, moi l'ex-pilote, moi le lauréat du grand concours de pêche, pris pour ce Latzko !... Et s'il doit être pendu un jour, de combien peu s'en est-il fallu que je le fusse à sa place ! »

Puis, continuant à s'abîmer dans le cours de ses désagréables réflexions :

« Après tout, je comprends que la justice s'y soit trompée, se dit l'excellent homme, et je n'en veux point au président Roth !... Il est certain que ce chef des fraudeurs se sachant poursuivi, traqué de toutes parts, n'aurait pu mieux imaginer pour descendre le fleuve en toute sécurité et tout en faisant ses affaires !... Qui aurait été le chercher sous l'habit d'Ilia Krusch !... N'importe ! je l'ai échappé belle, et je brûlerai un cierge devant la Vierge de Racz ! »

Évidemment c'était bien là le moins qu'il pût faire par reconnaissance !

Et alors le souvenir de M. Jaeger lui revenait à l'esprit. Il continuait à s'applaudir de n'avoir jamais prononcé le nom de son compagnon. Si on eût appris en quelles conditions il avait pris place dans la barge, quelle proposition s'était échangée entre tous deux, — tout le produit de la pêche acheté d'avance, et au prix de cinq cents florins, cela eût paru la conduite d'un fou... ou mieux, d'un individu qui avait choisi ce prétexte pour échapper aux poursuites pendant la navigation jusqu'à l'embouchure du fleuve.

« Certes, pensait Ilia Krusch, il eût été à bon droit plus suspect que moi-même, et j'ai bien fait de ne point attirer l'attention sur lui ! »

Non ! pas une fois, il ne vint à l'idée de ce brave Krusch que M. Jaeger pût être Latzko, pas une fois !... un si excellent homme, un ami dont il appréciait tant l'amitié !... Lui, le chef de cette association de fraudeurs !... Allons donc !...

« Et lorsque je le reverrai, disait Ilia Krusch, car je compte bien le revoir, je lui dirai tout cela, et il me remerciera, et s'écriera : "Monsieur Krusch, vous êtes le meilleur homme que j'ai jamais rencontré sur cette terre !" »

Après s'être coudé à angle droit près de Waïtzen pour descendre du nord au sud jusqu'à Pest, le Danube continue à promener ses eaux en cette direction. Il la conserve même jusqu'à la bourgade de Vukovar pendant plus de trois cents kilomètres, en tenant compte de ses multiples détours. Tandis qu'Ilia Krusch se laissait entraîner au courant, partant le matin, s'arrêtant le soir, il voyait s'étendre vers l'est toute l'immense puszta.

C'est la plaine hongroise par excellence que limitent à plus de cent lieues les montagnes de la Transylvanie. En la desservant, le chemin de fer de Pest à Basiach traverse une infinie étendue de landes désertes, de vastes pâturages, de marais immenses où pullule le gibier aquatique. Cette puszta, c'est la table toujours généreusement servie pour d'innombrables convives à quatre pattes, des milliers et des milliers de ruminants, une des grandes richesses du royaume de Hongrie. À peine s'il s'y rencontre quelques champs de blé ou de maïs. Et c'est aussi la plaine historique, par excellence, où règnent maintenant le berger, le *kanasz*, le gardien de chevaux, le *csîko*, et les poètes[1], à toute époque, l'ont chantée dans leurs poèmes nationaux.

1. Lancelot cite Alexandre Petoëfy, le « Béranger magyar ».

220

La largeur du fleuve est considérable alors. Il était animé par le va-et-vient des embarcations qui transportaient les riverains d'un bord à l'autre. Et il n'était pas rare qu'Ilia Krusch fût reconnu au passage. De là, des saluts cordiaux et des gestes de bonne amitié. Son procès l'avait rendu tellement célèbre qu'il ne pouvait plus songer à fuir les manifestations, et s'il fut entré dans les maisons des bergers ou des pêcheurs, chez les fermiers, qui ont l'aspect de gentils-hommes campagnards, il eût aperçu, au-dessus de la cheminée de la grande salle, le portrait plus ou moins ressemblant du lauréat de la Ligne danubienne.

Mais, le bon côté de tout cela, c'est que son poisson se vendait à de plus en plus hauts prix, ce qui était bien pour le satisfaire.

« Et ce n'est pas pour moi, c'est pour lui ! se répétait-il, et je commence à croire qu'il ne perdra pas sur son marché ! »

Puis, toujours ce refrain qui s'échappait du cœur de ce brave homme :

« Mais où est-il, en ce moment ?... Il me l'a écrit, et j'ai sa lettre que je conserve précieusement. Et il y dit : "Je ne sais même plus où et quand il me sera possible de vous rejoindre... Je le ferai cependant tôt ou tard, peut-être du côté de Pest, peut-être du côté de Belgrade !" Or, il n'est point venu à Pest, et il n'y a pas lieu de le regretter, car il y fût arrivé dans un singulier

221

moment... Espérons donc que je le verrai reparaître à Belgrade... avant peut-être... à Mohacz... à Neusatz... à Peterwardein !... et il sera le bienvenu ! »

Le lit du fleuve ne cessait de s'enrichir d'îlots et d'îles. Telles de ces dernières étaient de grande étendue, laissant de chaque côté deux bras où le courant acquérait une assez grande rapidité. La barge ne perdait donc rien de sa moyenne de navigation qui se chiffrait par une dizaine de lieues quotidiennes. Elle atteindrait donc très probablement dans les délais prévus les (bouches) [1] du Danube.

Ces îles n'étaient point fertiles. À la surface ne poussaient que des bouleaux, des trembles, des saules au milieu du limon déposé par les inondations qui sont fréquentes. Cependant, on y récolte du foin en abondance, et les barques, chargées jusqu'au plat-bord, le charrient aux fermes ou aux bourgades de la rive.

Plus encore qu'en amont, les bateaux dérivaient en grand nombre, sans parler des dampfschiffs qui remontaient ou descendaient le fleuve. Il se faisait aussi un très actif service de douane qu'exigeaient les circonstances. Ilia Krusch voyait très clairement que des escouades de police surveillaient les berges, et pas une embarcation n'eût accosté sans recevoir la visite

1. Par erreur Jules Verne écrit « les sources », nouveau lapsus.

de ces agents avec lesquels il venait d'avoir des rapports dont le souvenir ne s'effacerait jamais de sa mémoire.

Dans cette partie de son cours, le fleuve est parfois bordé de dunes sablonneuses ; mais, parfois aussi, elles s'abaissent brusquement pour faire place à quelque plaine fertile, et c'est ce que l'on peut voir en amont de la petite ville de Paks, d'où s'approche la grande route de poste, ouverte entre Vienne et Constantinople par Buda, Semlin, Belgrade, Andrinople et le territoire ottoman.

Non, jamais le temps ne parut si long à Ilia Krusch que pendant cette navigation de Pest à Belgrade, et qui devait durer une douzaine de jours. Et puis le ciel était souvent sillonné de gros nuages, et la pluie se déversait en larges averses. Survenaient aussi quelques-uns de ces brouillards intenses que le fleuve n'épargne guère aux touristes. Toute vue disparaît alors. Nécessité de stopper pour les dampfschiffs et aussi pour les gabarres et les chalands. Mais l'ex-pilote connaissait si bien les tours et les détours de son fleuve, — et Dieu sait s'ils sont nombreux entre Mohacz et Vukovar, — qu'il ne songeait même pas à relâcher, et continuait de s'abandonner à la dérive.

Dans ces circonstances, ce qui le désobligeait surtout, c'était que si Jaeger fut arrivé en ce moment sur une des berges, Ilia Krusch ne l'aurait pas vu, et il n'aurait pas vu Ilia Krusch. Ainsi en fut-il lors de la halte près de Mohacz. La ville, noyée sous les vapeurs, ne laissait pas même voir la pointe de ses clochers. Et quant à ses dix mille habitants, pas un d'eux ne sut que le héros du jour avait passé la nuit au pied des quais qui bordent la rive gauche du fleuve. Et lorsqu'il repartit le lendemain, il n'aperçut pas davantage les longs vols de corbeaux et de cigognes qui filaient à tire-d'aile vers des zones moins obscures.

Ce fut pendant cette période du voyage que la barge passa devant Bezdan. Si, du milieu du fleuve, on ne peut apercevoir que les moulins qui portent ce nom, et que fait mouvoir le courant, il n'en est pas ainsi des pêcheries d'Apatin. C'est une sorte de village fluvial, en somme une place centrale que domine un grand mât avec pavillon national, et qu'entourent dans un pittoresque pêle-mêle un ensemble de constructions de toutes formes, depuis la cabane jusqu'à la hutte, et dans laquelle vit une population de pêcheurs.

Il est probable qu'Ilia Krusch n'aurait pas eu grand succès à venir offrir dans un tel milieu le produit de sa pêche. Du poisson, ces braves gens en avaient à revendre. D'ailleurs, il n'eut pas l'occasion de s'arrêter devant ces pêcheries.

Ce fut dans la même journée qu'il laissa sur la droite l'embouchure de la Drave, un des gros tributaires du Danube, sur laquelle la batellerie

224

emploie des bateaux d'un tonnage déjà élevé. Le lendemain, il vint faire halte au quai de Neusatz, bâtie sur la rive gauche, presque à l'endroit où le Danube, par un coude brusque, abandonne la direction nord-sud qu'il suivait depuis Pest pour se diriger au sud-est vers Belgrade. C'est une ville libre où siège un évêque serbe, suffragant de la métropole de Carlovitz.

Il y avait à cette date du 15 juin vingt-sept grands jours que M. Jaeger avait pris congé d'Ilia Krusch dans les conditions que l'on sait. Et la barge s'approchait de Belgrade, où elle arriverait à la fin de la semaine.

«Eh bien, se demandait Ilia Krusch, est-ce ici que je vais revoir M. Jaeger?... Neusatz est une ville importante! Qu'il y ait été attiré par ses affaires, je l'admets... Or, de Vienne à Neusatz, les moyens de transport ne lui ont-ils pas fait défaut?... Peut-être est-il dans cette ville, et, ma foi, puisqu'on ne semble pas s'y être aperçu de mon arrivée, je n'ai rien à craindre, et je vais courir tous les quartiers... M. Jaeger peut parfaitement ignorer que me voici à Neusatz, et qui sait si je ne le rencontrerai pas en route?...»

Ilia Krusch avait raison, et, comme la nuit ne devait pas arriver avant deux heures, il les employa à déambuler de droite et de gauche. Mais ses démarches furent infructueuses, et il dut revenir reprendre place sous son tôt solitaire.

« Attendons, se dit-il, et peut-être serai-je plus favorisé demain à Peterwardein. »

Sur le cours du Danube, il existe plusieurs cités, et non des moins importantes, qui se font face, l'une sur la rive droite, l'autre sur la rive gauche. Telles Bude et Pest, telles encore Neusatz et Peterwardein, telles enfin Semlin et Belgrade. Et lorsque ce n'est pas le fleuve qui les sépare, c'est un de ses affluents.

Il suit de là que, pour aller de Neusatz à Peterwardein, Ilia Krusch n'avait qu'à débarquer et prendre le pont de bateau qui établit la communication entre les deux villes.

De la place occupée par la barge, il apercevait la puissante forteresse, juchée sur son promontoire et qui domine le cours du fleuve. Peterwardein est la capitale de (la Slavonie) connue sous le nom de Confins Militaires (...) [1].

À peine le soleil apparaissait-il au-dessus des toits de Neusatz qu'Ilia Krusch mettait le pied sur le quai de Peterwardein. Il avait traversé le Danube dans sa barge. Cela lui semblait être plus indiqué, et, s'il rencontrait M. Jaeger, ils n'auraient plus qu'à embarquer tous les deux. Il n'avait pas même amorcé sa ligne ce matin-là, tant il était possédé du désir de retrouver son cher compagnon.

1. Un espace était prévu pour développer l'exposé historique de cette région ; commentaire déjà écrit dans *Le secret de Wilhelm Storitz* (chap. ii), Stanké, 1996 et Folio, n° 3202.

Le voilà donc errant à travers les rues, parcourant les divers quartiers, et dût-il consacrer toute la matinée à sa recherche, il n'hésiterait pas à le faire.

Ce fut vainement, et il faut avouer qu'il avait peu de chances de réussir. Rencontrer M. Jaeger dans cette ville de (...) habitants, cela n'aurait pu être dû qu'au hasard, et encore était-il indispensable que M. Jaeger s'y trouvât en ce moment.

Vers dix heures, Ilia Krusch entra dans un café pour s'y reposer quelques instants, et se fit servir une bouteille de cet excellent vin de Carlovitz. Cette capitale des Serbes, qui vivent sous domination autrichienne, n'est éloignée que de quelques lieues dans l'ouest du fleuve. C'était bien le moins qu'Ilia Krusch se réconfortât avec l'un des bons crus de cette région.

Et il se disait :

« S'il était là, M. Jaeger, avec quel plaisir je lui offrirais un verre de ce bon vin de Carlovitz !... et il n'aurait pas refusé... et il aurait trinqué avec moi, et nous aurions bu à la santé l'un de l'autre ! »

Tout en raisonnant ainsi, le désolé Ilia Krusch avait machinalement jeté les yeux sur un journal. C'était le (...) de Hongrie, et son attention fut attirée par un article intitulé : « Où est Latzko ? »

« Eh, fit-il, voilà qui m'intéresse, après tout, et

je ne serais pas fâché de savoir où il est, ce chef de fraudeurs que l'on m'accusait d'être!... et, ma foi, si on le prend, cela prouvera une fois de plus qu'Ilia Krusch n'était point Latzko!... »

En vérité, pas n'était besoin de cette nouvelle preuve, et elle était bien et dûment établie, l'identité du lauréat de la Ligne danubienne!

L'article ne disait rien de précis. Depuis l'engagement entre les fraudeurs et l'escouade de police à l'entrée des Petites Karpates, les premiers n'avaient plus été signalés nulle part. Que leurs bateaux eussent continué à descendre le Danube, c'était probable, mais les visites auxquelles on soumettait toute la batellerie n'avaient amené aucun résultat. Latzko était redevenu introuvable, et sans doute, pour mieux dépister les agents, il suivait les berges du fleuve, tantôt à droite, tantôt à gauche, sous quelque déguisement, et en surveillant le transport de la contrebande jusqu'à la mer Noire. Quant à Karl Dragoch, le chef de police, on était sans nouvelles de lui, et à moins que le président de la commission internationale eût été directement avisé, personne n'aurait pu dire où il se trouvait en ce moment.

Or, Ilia Krusch en était là de sa lecture lorsqu'il se redressa soudain. À travers la porte vitrée du café, qui s'ouvrait sur une rue aboutissant au quai, il avait cru reconnaître un des passants remontant d'un pas rapide vers les hauts quartiers de Peterwardein.

« Mais c'est lui !... c'est lui ! », s'écria-t-il.

Et comme sa bouteille de vin de Carlovitz était payée d'avance, il quitta précipitamment la salle et se jeta au-dehors.

Dans la rue, deux ou trois personnes, mais pas une qui ressemblât à M. Jaeger. Il était possible d'ailleurs que celui-ci eût tourné à droite ou à gauche.

Je n'ai pu faire erreur, se répétait Ilia Krusch, en suivant la rue au hasard, et près de qui eût-il pu s'informer d'une façon sérieuse ? À Peter-wardein, qui connaissait M. Jaeger si ce n'est lui seul ?

« Ah ! la mauvaise chance, se disait-il, si, au lieu de m'enfermer dans ce café, je n'eusse pas cessé de parcourir la rue, je l'aurais rencontré !... il m'aurait aperçu, il serait venu à moi... et main-tenant, nous serions bras dessus, bras dessous... et nous aurions repris notre navigation pour ne plus l'interrompre. »

Le pauvre homme était désolé. Une pareille occasion perdue, et qui ne se représenterait pas !... Quelle apparence qu'il pût rejoindre M. Jaeger et le retrouver ?... Restait-il à Peter-wardein ?... N'allait-il pas aller à Neusatz ?... Quant à s'être trompé, non ! Ilia Krusch ne pou-vait l'admettre... C'était bien son compagnon qu'il avait aperçu et dont il ne retrouvait plus trace !...

Dans cette conjoncture, il n'y avait plus qu'un

parti à prendre, et Ilia Krusch le prit après avoir pendant une heure vainement parcouru le quartier. C'était de revenir vers le fleuve, et d'attendre dans la barge. Si ce n'était pas lui qui retrouvait M. Jaeger, eh bien, ce serait M. Jaeger qui le retrouverait, et le résultat serait le même, c'est-à-dire excellent!... Que M. Jaeger fût à Peterwardein ou à Neusatz, il chercherait assurément si la barge y avait relâché, et il fallait revenir sans perdre un instant.

C'est ce que fit Ilia Krusch. L'attention publique n'avait point été éveillée à son sujet. Il en fut à le regretter. Une démonstration n'eût pu échapper à M. Jaeger. Mais le (...), avec cette sûreté d'information qui caractérise les reporters, annonçait qu'Ilia Krusch avait déjà dépassé Belgrade, et personne ne songeait plus à lui.

Vainement, Ilia Krusch attendit dans la barge, vainement, dans l'après-midi, il se mit en recherches sur les quais de Peterwardein, puis sur les quais de Neusatz. Le soir arriva et M. Jaeger n'avait point reparu.

Encore une triste nuit pour Ilia Krusch! Mais enfin il ne pouvait s'attarder plus longtemps. Il n'y avait pas loin de Neusatz à Belgrade, et M. Jaeger dans sa lettre ne disait-il pas qu'il rejoindrait son compagnon du côté de Belgrade... peut-être...

Il suit de là que, le lendemain, la barge se

remit dans le courant du Danube, et M. Jaeger n'était point avec Ilia Krusch !

Tristes aussi les rives entre lesquelles le Danube, large et monotone, promenait ses eaux qui s'étendaient parfois jusqu'à la ligne périmétrique de l'horizon. À droite, des tumescences argileuses, d'étroits ravins qui venaient aboutir au fleuve. Parfois des falaises, et au-dessus, des champs inclinés où s'étalent des vignobles et se dressent quelques arbres. Toujours grande animation à la surface du Danube, sillonnée par de longs chapelets de chalands que le vent ou le courant entraînent, et nombreuses embarcations que la barge évitait en se tenant près des rives.

Le soir de cette journée, 18 juin, Ilia Krusch, vers cinq heures du soir, jeta son amarre à l'embouchure de la Theiss, et sa ligne au fond d'une petite crique, dont les abords étaient assez poissonneux.

Cet important tributaire de gauche, avant de s'absorber dans le fleuve, arrose la petite bourgade de Titel, après un cours de neuf cents kilomètres, qui prend naissance dans les Karpates, traverse la Transylvanie et le royaume de Hongrie. Et Ilia Krusch n'aurait eu qu'à le remonter pendant une dizaine de lieues pour atteindre Racz.

On ne l'a point oublié, c'était la ville natale de l'ancien pilote. C'est là qu'il avait appris son métier à bord des bateaux qui fréquentaient cet affluent. C'est là qu'il s'était retiré depuis six ans, là que lui était venu le goût de la pêche. C'est de là qu'avaient été envoyés les renseignements demandés par le président de la commission internationale, — renseignements qui permirent d'établir et l'identité d'Ilia Krusch et son honnêteté, et desquels résultait sa parfaite innocence.

Et, peut-être Ilia Krusch eut-il en ce moment la pensée d'aller prendre quelques jours de repos dans sa maison, dans sa famille, de serrer la main à ses vieux amis, avant de continuer son voyage qu'il était bien résolu à mener jusqu'au bout.

«Non! se dit-il. Et si M. Jaeger arrivait pendant mon absence, si, à Semlin ou à Belgrade, il guettait le passage de la barge, tandis qu'elle serait en relâche à Racz! Ne serait-il pas à craindre qu'il ne pût la retrouver?»

C'était justement raisonner, et n'était-il pas déjà très fâcheux que les journaux, en annonçant à tort qu'Ilia Krusch avait dépassé Belgrade, n'eussent contribué à induire M. Jaeger en erreur?

Aussi, Ilia Krusch renonça-t-il à l'idée de se rendre à Racz, quoique avec regret, et, le lendemain, après avoir vendu son poisson à Titel, il se remit en cours de navigation.

Lorsque, le lendemain soir, il s'arrêta un peu

en amont de Semlin, dans l'après-midi, il voulut recommencer dans cette ville les recherches qu'il avait faites à Neusatz et à Peterwardein.

Semlin est bâtie au confluent que forme la Save sur la rive droite, et cette rivière la sépare de Belgrade. Comme elle se trouve à quelque distance du fleuve, Ilia Krusch dut confier sa barge à la garde d'un de ces pêcheurs dont les maisons de bois sont groupées sous l'abri de grands arbres, en lui donnant son nom... pour le cas où quelqu'un viendrait le demander.

«Ah! monsieur Krusch, dit cet homme.

— Oui, mais pour vous seul... Vous me le promettez?...

— Je vous le promets!»

Et, quand Ilia Krusch fut parti, le pêcheur n'eut rien de plus pressé que d'ébruiter l'arrivée du célèbre Ilia Krusch à Semlin.

Il en fut donc pour son incognito, et, tandis qu'il courait les rues, on le signala, et les Serbes qui forment en grande majorité la population de Semlin ne se montrèrent pas au-dessous des Autrichiens de Passau ou des Hongrois de Pest en l'honneur de cet hôte illustre. Depuis sa fondation au dix-huitième siècle sur l'emplacement d'un château qui appartenait au fameux Jean Hunyadi, le patriote défenseur de la Hongrie contre les armées ottomanes, peut-être Semlin ne s'était-elle pas lancée en des démonstrations si triomphales !

Mais, de M. Jaeger, point, et assurément, s'il eut été à Semlin, le bruit de tant d'ovations serait parvenu à ses oreilles, et il se fût empressé de rejoindre son compagnon.

Le lendemain, 19 juin, un peu avant midi, par un temps clair, Ilia Krusch voyait apparaître une cité disposée en amphithéâtre sur une colline, avec ses maisons à l'européenne, ses clochers auxquels le soleil mettait une aigrette de flamme, et les deux minarets d'une mosquée, qui ne jurait pas trop dans le voisinage des églises. Un peu sur la gauche, au milieu d'une corbeille d'arbres fruitiers d'où s'élançaient des cyprès de haute taille, il y avait apparence d'une seconde ville plus moderne, contrastant avec la vieille cité turque.

C'était Belgrade, l'*alba Graeca*, la Ville Blanche, autrefois le chef-lieu de l'ancienne principauté de Serbie, qui se composait de trois parties fort distinctes à cette époque : la nouvelle ville uniquement aux Serbes, le faubourg, indivis entre les Serbes et les Turcs ; la forteresse, résidence du pacha, sur laquelle flottait le pavillon ottoman.

À l'instant où, sa barque amarrée à un quai du faubourg qui est le quartier du commerce, Ilia Krusch allait débarquer, un homme lui frappait amicalement sur l'épaule.

C'était M. Jaeger.

«Et comment ça va-t-il, monsieur Krusch?
demanda-t-il.

— Pas mal... et vous?...»

C'est tout ce qu'Ilia Krusch, aussi abasourdi
que satisfait en voyant son ancien compagnon,
trouva à répondre!

XIII

De Belgrade
aux Portes de Fer

M. Jaeger et Ilia Krusch ne s'étaient pas revus depuis leur séparation à Vienne, le 20 mai, soit trente et un jours. Il y avait quarante-huit heures que M. Jaeger était arrivé à Belgrade. La raison de cette longue absence, assurément Ilia Krusch ne la lui demanderait pas, par discrétion. L'important était que tous deux allaient reprendre ensemble le cours de leur navigation.

« Quand partons-nous ? » Telle avait été la première question posée par Ilia Krusch.

— À l'instant, si vous le voulez, avait répondu M. Jaeger, et cela même vous épargnera les honneurs dont vous êtes peu friand...

— En effet, monsieur Jaeger. Ainsi mon arrivée ?...

— Est indiquée pour demain seulement. Tantôt les journaux vous mettent en retard, tantôt ils vous mettent en avance, et il n'est que temps...

— À vos ordres, monsieur Jaeger. Il est à

peine quatre heures, et pendant trois heures de jour, nous gagnerons deux ou trois lieues en aval de Belgrade...

— Entendu, monsieur Krusch, entendu. »

M. Jaeger, aux yeux d'un observateur, eût peut-être paru bien pressé de quitter la capitale de la Serbie. Mais Ilia Krusch ne l'observa même pas. Il ne voyait qu'une chose, c'est que M. Jaeger lui était rendu et ne demandait qu'à partir.

Cependant celui-ci crut devoir ajouter, mais en homme qui savait d'avance ce que lui répondrait son compagnon :

« À moins, monsieur Krusch, que vous n'ayez affaire à Belgrade...

— Moi, monsieur Jaeger ?... Je n'ai affaire qu'à l'embouchure du Danube, et comme nous avons encore plus de trois cents lieues...

— Il ne faut pas perdre une minute, monsieur Krusch, il ne faut pas perdre une minute ! », répondit M. Jaeger.

Quant à cette question de curiosité à satisfaire, elle n'existait pas pour Ilia Krusch. Alors qu'il exerçait le métier de pilote, il s'était souvent arrêté à Belgrade, soit pour y charger, soit pour y décharger des cargaisons. La vue qui s'offre aux regards de l'esplanade de sa citadelle, le Konak ou palais du pacha qui y dresse ses gros murs en massif carré, la ville mixte, entourant la forteresse, avec ses quatre portes qui flanquent l'enceinte, le faubourg où se concentre un commerce de grande importance, puisque les marchandises destinées non seulement à la Serbie, mais à toutes les provinces turques, y sont entreposées[1], ses rues qui, par la disposition des boutiques, et leur achalandage, le font ressembler à un quartier de Constantinople, la ville neuve étendue le long de la Save, avec son palais, son sénat, ses ministères, ses larges voies de communication plantées d'arbres, ses confortables maisons particulières, tout ce contraste pour ainsi dire brutal avec la vieille cité, Ilia Krusch n'en était plus à connaître cet ensemble bizarre qui constitue Belgrade. Quant à M. Jaeger, en admettant qu'il fût arrivé pour la première fois dans cette curieuse capitale de la Serbie, n'avait-il pas eu le loisir de la visiter depuis quarante-huit heures ? Ni l'un ni l'autre n'avaient donc de motif pour y séjourner plus longtemps. Ainsi que l'avait dit Ilia Krusch, le parcours était long encore jusqu'aux bouches du fleuve. À partir de Belgrade, les grandes cités seraient plus rares, telles Nicopoli, Rouschtchouk, Silistrie, Ismaïl, et, tout en tenant compte des relâches indispensables, la navigation pourrait s'effectuer dans les meilleures conditions de rapidité.

---

1. On peut lire dans le *Voyage de Paris à Bucarest* de M. Duruy (1860) continué par M. Lancelot, son compagnon de route : Belgrade, « transformé en port franc deviendrait bientôt le Hambourg de l'Orient. Mais pour que cette destinée s'accomplisse, une condition préalable est nécessaire : l'expulsion des Turcs ». C'est actuellement chose faite. (Note de l'auteur.)

Cette après-midi, la barge, sans avoir été signalée à l'enthousiasme populaire, reprit donc, vers cinq heures, le courant du Danube. Elles ne tardèrent pas à disparaître, ces deux cités, si ennemies l'une de l'autre jadis, si amies maintenant, et qui ne justifieraient (plus) les semonces du poète des *Orientales*[1]. Lorsque le Danube se met en colère à présent, ce n'est plus contre Semlin ou contre Belgrade, dont il menace d'éteindre le canon, c'est parce que les vents terribles assailleront son lit large et profond, c'est parce qu'il a «comme une mer sa houle», et alors ce sont les mariniers qui ont à redouter ses fureurs.

Ce qui aurait été surprenant, c'est que M. Jaeger et Ilia Krusch n'eussent point parlé des divers faits qui avaient marqué le temps de leur séparation. Et, tout d'abord, dès que la barge n'eût plus qu'à s'abandonner au fil de l'eau :

«Ah, monsieur Jaeger, s'écria Ilia Krusch, en prenant les mains de son compagnon, qu'ils m'ont paru longs, les jours sans vous!... À chaque ville ou village, j'espérais vous retrouver... et personne!... Je craignais qu'il ne vous fût arrivé malheur...

1. Victor Hugo avait écrit (cité par Lancelot) :
«Allons! la turque et la chrétienne!
Selmin! Belgrade! qu'avez-vous?
On ne peut, le ciel me soutienne!
Dormir un instant sans que vienne
Vous éveiller d'un bruit jaloux
Belgrade ou Semlin en courroux!»

— Non, monsieur Krusch, répondit M. Jaeger, non !... J'ai été pris à Vienne par des affaires importantes, à l'improviste, et je n'ai eu que le temps de vous prévenir en quelques mots !... Cela m'a fort contrarié, mais impossible de faire autrement, et lorsque vous aviez ma lettre, j'avais déjà quitté Vienne...

— Et, moi, monsieur Jaeger, je n'y ai pas non plus pris racine... Dès trois heures du matin, mon grappin rentré, je filais vers Presbourg...

— Et pourquoi cette hâte ?...

— D'abord pour ne point vous manquer, en cas que vous auriez voulu me rejoindre là... et ensuite pour éviter des ovations de la part des Viennois...

— Ils savaient donc ?... demanda M. Jaeger.

— Ils l'ont su, parce que le porteur de votre lettre n'a pas dû manquer de bavarder, mais ils l'ont su trop tard, et j'étais déjà à bonne distance...

— Toujours le même, monsieur Krusch !

— Toujours le même, monsieur Jaeger, et toujours heureux de me retrouver en votre compagnie.

— Moi de même, monsieur Krusch.

— Et nous ne nous séparerons plus avant le terme du voyage ?...

— J'ai tout lieu de le croire. »

Cette réponse rendit rayonnante la bonne face d'Ilia Krusch.

«Et maintenant, monsieur Jaeger, reprit-il, vous savez ce qui m'est arrivé à Pest?...

— Si je le sais, monsieur Krusch! votre arrestation... votre incarcération... Vous avoir pris pour ce fameux Latzko qu'on ne parvient décidément pas à prendre...

— Je vous le demande, dit Ilia Krusch en s'animant un peu, est-ce que j'ai la figure d'un malfaiteur?...

— Non, certes, et si le plus honnête homme de la terre ressemble à quelqu'un, ce doit être à vous!...

— Eh bien, pendant près de quatre jours, monsieur Jaeger, j'ai passé pour ce chef de contrebandiers, et le président M. Roth ne paraissait pas en douter...

— Monsieur Krusch, dit alors M. Jæger, croyez bien que si j'avais été libre, lorsque j'ai eu connaissance de cette affaire, je serais accouru à Vienne pour témoigner en votre faveur... Mais je ne l'étais pas, et quand je le suis redevenu, l'affaire était terminée... Et même je n'ai été au courant de toute cette invraisemblable histoire que trop tard pour pouvoir écrire au président de la commission internationale, et dire ce que j'avais à dire de vous...

— Oh, monsieur Jaeger, si j'étais fort ennuyé de me voir bloqué entre quatre murs, croyez bien que je n'éprouvais aucune inquiétude... Mon innocence, j'en étais sûr, n'est-ce pas, et je

241

savais bien que les renseignements demandés à Racz me seraient favorables... Moi... moi... un Latzko !

— La vérité est que cela n'a pas le sens commun, et je pense que vous avez déjà oublié cette désagréable aventure...

— C'est comme si elle ne m'était pas arrivée, monsieur Jaeger...

— À propos, demanda celui-ci, il n'a jamais été question de moi dans cette affaire ?...

— Jamais, monsieur Jaeger... On ignorait, et on ignore encore que j'ai un compagnon de voyage... Si par hasard vous avez été vu avec moi dans la barge, on a dû croire que c'était momentanément... un service que je rendais à quelqu'un...

— Ainsi, pas une seule fois, mon nom n'a été prononcé ?...

— Pas une fois, monsieur Jaeger... Il n'y avait que moi à le connaître, et, vous le pensez, je n'aurais pas été assez simple pour le dire...

— Cependant, monsieur Krusch, dans le but de vous appuyer sur mon témoignage...

— Oui... j'y ai bien pensé, mais je savais que je m'en sortirais tout seul de ce mauvais pas, et j'ai pensé aussi que cela aurait pu vous causer des désagréments...

— Des désagréments, et pourquoi ?...

— Parce que la Commission aurait été capable de vous prendre pour ce Latzko...

« — Moi ?...

— Oui, vous, et aussi bien que moi !... Vous auriez mis à profit cette circonstance pour descendre le fleuve en toute sécurité... et même on aurait pu voir en moi votre complice... Non... j'ai préféré me taire.

— Et vous avez eu raison, répondit M. Jaeger, qui semblait avoir écouté avec une très particulière attention ce que son compagnon venait de lui dire. Oui ! vous avez eu raison, monsieur Krusch, et je vous remercie de votre discrétion...

— C'était trop naturel, monsieur Jaeger, quoique, en fin de compte, vous n'auriez pas été plus embarrassé que moi pour prouver votre identité et faire tomber la poursuite...

— Évidemment, monsieur Krusch, évidemment ! »

Le soir venu, la barge prit son amarrage comme d'habitude près de la berge, au pied d'un village où M. Krusch put vendre son poisson, et renouveler sa provision de pain et de viande.

Le lendemain, après une heureuse pêche au lever de l'aube, le courant la reprenait, et elle dérivait avec une certaine vitesse. Du côté de la rive autrichienne, plate et basse, sujette aux inondations, on voyait nombre de corps de garde assez rapprochés pour qu'ils pussent communiquer entre eux. Ce personnel appartient aux régiments frontières, moitié soldats moitié paysans, qui ne reçoivent aucune solde en temps de paix, des *grenzers*, armés aux frais du gouvernement. On comprendra que la sévérité de la discipline autrichienne rende assez difficile le débarquement sur cette rive. Aussi, afin d'éviter tout désagrément, Ilia Krusch prenait-il volontiers contact avec la rive opposée.

C'est de ce côté aussi que s'arrêtaient les nombreux bateaux qui ne voulaient pas s'exposer pendant la nuit. Il y en avait alors une trentaine, qui marchaient en file. Parmi eux, se distinguait toujours ce chaland bien gouverné, bien conduit, que M. Jaeger avait remarqué dans le défilé du Strudel.

« Quant à la pêche, disait M. Krusch, elle est aussi bonne d'un côté que de l'autre, et, en somme, jusqu'à présent, monsieur Jaeger, j'ai été assez heureux... La vente du poisson depuis le départ m'a rapporté — ou plutôt vous a rapporté — cent vingt-sept florins et dix-sept kreutzers, et je pense que vous n'aurez point à vous plaindre au terme du voyage...

— Cela a toujours été mon avis, monsieur Krusch, répondit M. Jaeger, et c'est vous qui aurez perdu notre marché ! »

Pendant les quatre jours que la barge mit à descendre le fleuve jusqu'à Orsava, elle navigua sur un lit très capricieux dans ses détours, dont la direction générale se maintenait vers l'est, servant à gauche de limite aux Confins Militaires.

Elle passa devant la ville de Semendria, autrefois capitale de la Serbie, dont la forteresse (est) campée sur un promontoire qui barre une partie du Danube, et que défendent toute une couronne de tours et un donjon. En cet endroit, le grand fleuve rachète merveilleusement la sauvagerie ou l'infertilité des campagnes qui le bordent en amont. Partout des arbres fruitiers en plein rapport, des vergers enrichis de diverses sortes de plants, des vignobles luxuriants qui se succèdent jusqu'à l'embouchure de la Morava. Cette rivière arrive au fleuve par une vallée superbe, une des plus belles de la Serbie. À l'embouchure se montraient un certain nombre de bateaux, les uns qui la descendaient, les autres qui se préparaient à la remonter avec des remorqueurs ou des attelages.

Après Semendria, ce fut Basiach, où s'arrêtait alors le chemin de fer de Vienne à Orsova et qui allait être prolongé prochainement jusqu'à cette ville, puis Columbacz, avec ses magnifiques ruines, puis des cavernes à légendes, entre autres celle dans laquelle saint George [sic] aurait déposé le corps du dragon tué de ses propres mains. De toutes parts, à chaque coudée du fleuve, et on ne perd l'un que pour retrouver l'autre, se dressaient des promontoires coupés à pic et contre lesquels le courant précipite ses eaux écumantes. Au-dessus, se massent des bois épais, s'étageant jusqu'aux montagnes qui sont plus élevées sur la rive turque que sur la rive hongroise.

Un touriste se fût certainement maintes fois arrêté pour contempler de plus près et plus longuement les merveilles que le fleuve offre alors aux yeux. Il se serait fait mettre à terre au défilé de Cazan, l'un des plus remarquables du parcours; il aurait suivi le chemin de halage, afin d'examiner cette fameuse table de Trajan, ce rocher où est encore gravée l'inscription qui rappelle la campagne du célèbre empereur romain.

Mais ni M. Jaeger ni Ilia Krusch ne s'abandonnaient aux fantaisies du tourisme : le mouvement commercial occupait toujours l'attention de l'un, tandis que l'autre, suivant les différences du courant, ne songeait qu'à suivre tantôt la rive turque, tantôt la rive serbe.

Et c'est ainsi que dans l'après-midi du 24 juin, par un temps assez pluvieux, ils franchissaient cette chaîne des Karpates que la Pologne envoie jusqu'aux Balkans, et que traverse le Danube à l'endroit où s'ouvre son quatrième bassin.

Il y a deux Orsova, l'ancienne et la nouvelle, sur la frontière, et au-delà s'étendent les territoires valaques. Le Danube est entré dans le pays ottoman, ou tout au moins des provinces turques, et n'en doit plus sortir qu'à l'estuaire qui verse ses eaux dans la mer Noire. Orsova est tout naturellement une station militaire, occupée par des soldats valaques, au milieu d'une population de deux mille habitants. C'est là que les voyageurs, et plus désagréablement qu'ils ne l'ont été jusqu'ici, sont soumis aux tyrannies de la police et aux vexations de la douane.

Évidemment, Ilia Krusch et M. Jaeger, qui n'avaient point de marchandises à embarquer ou à débarquer, ne comptaient subir aucun retard de ce chef. Leur barge n'était pas un chaland, et, à moins qu'on eût établi un nouveau droit sur les gaules, les hameçons et les flottes, ils n'étaient point exposés à (des droits) [1] qui demanderaient deux ou trois heures pour être acquittés, ils comptaient bien être à même de partir dès qu'ils le jugeraient convenable, à toute heure de jour ou de nuit.

Cependant, ce qui aurait dû tout d'abord causer quelque surprise à M. Jaeger, c'était le grand nombre de chalands arrêtés devant Orsova. Ils étaient une trentaine, et sur chacun se voyait de faction une sentinelle valaque, tandis que des agents de la douane les soumettaient à une visite des plus rigoureuses.

M. Jaeger ne tarda pas à apprendre que, par ordre supérieur, l'embargo était mis sur tous les bateaux qui voulaient dépasser Orsova. Cette mesure extrêmement vexatoire venait d'être prise par la commission internationale. Ordres

1. Des mots rayés ne sont pas remplacés.

très sévères donnés à ses agents. Aucun chaland ne pourrait continuer sa navigation en aval, dût-il opérer son déchargement complet, avant que la douane fût assurée qu'il ne portait pas des marchandises de contrebande.

« Bon ! fit observer Ilia Krusch, ce doit être un coup du chef Dragoch, et il aura des raisons de croire qu'il va enfin s'emparer de Latzko, ou tout au moins saisir un de ses bateaux fraudeurs ! »

M. Jaeger ne répondit pas. Les lèvres serrées, debout dans la barge, dont le grappin avait mordu la grève, il regardait toute cette animation, il écoutait tous ces cris, toutes ces objurgations qui éclataient de tous côtés contre une mesure si préjudiciable à la batellerie danubienne.

Et, alors, M. Ilia Krusch d'ajouter :

« Dans tous les cas, cela ne peut nous atteindre... et je ne vois pas de quelle contrebande notre barge pourrait être chargée !... Au surplus, en dix minutes, on l'aura visitée si l'on veut. »

Eh bien, il se trompait, le brave homme ! Il comptait sans les vexations routinières auxquelles se complaisent les administrations de tous les pays, et plus particulièrement dans ces provinces danubiennes.

De là, belle colère d'Ilia Krusch, autant que cette nature paisible de pêcheur à la ligne était susceptible de l'éprouver, et, que l'on se rassure, elle n'alla point jusqu'à provoquer chez lui les spasmes du cœur. Et d'ajouter :

« Après tout, monsieur Jaeger, ce que j'en dis, ce n'est pas tant pour moi que pour vous, et si ce retard ne vous désoblige pas...

— Mais non, répondit M. Jaeger, et je ne suis pas fâché de voir comment cela va se passer, si on finira par saisir un des chalands de ce Latzko, pour lequel, monsieur Krusch, on vous a fait l'honneur de vous prendre ! »

En réalité, il n'y eut qu'une halte de vingt-quatre heures au bourg d'Orsova. Et pendant ce laps de temps, les bateaux furent retenus. Les sentinelles placées à bord n'en laissaient approcher aucun étranger, et aucun marinier n'avait le droit de quitter son bord. Il fallait déplacer la cargaison, et alors les agents visitaient le chaland dans toute la longueur de la cale. Ils s'assuraient qu'il n'existait pas de double fond, que les bordages ne pouvaient point être déplacés. Après les cales, c'était la superstructure supportant le pont supérieur que l'on fouillait dans tous les coins, et aussi le logement du personnel, disposé à l'arrière, comme dans tous ces grands bateaux du Danube qui sont désignés sous le nom de (...).

Cette visite achevée, le chaland n'avait pas encore permission de partir. On ne les laisserait passer que tous à la fois, après paiement des droits de douane.

Il est évident que cette opération ne se fit pas sans amener discussions et querelles. Mais la force publique était suffisante, en y joignant les soldats de la garnison d'Orsova.

M. Jaeger prenait un extrême intérêt à ces visites, et son attention ne faiblit pas un seul instant. À ce point qu'Ilia Krusch finit par lui dire :

« Eh, monsieur Jaeger, jusqu'ici, on n'a rien découvert ?...

— Non, et je crains que l'opération n'ait été faite en pure perte...

— Avez-vous remarqué parmi ces chalands, monsieur Jaeger, celui que nous avons rencontré dans le défilé du Strudel, et qui savait si bien se frayer route au milieu de toute la flottille ?

— Oui, monsieur Krusch, c'est celui qui est là, contre l'appontement... Je le reconnais bien... On l'a visité un des premiers, mais on n'a rien trouvé de suspect à bord...

— En effet, monsieur Jaeger, et il est prêt à partir, mais il sera obligé d'attendre comme les autres. Bon ! je ne suis pas inquiet pour lui !... Il a évidemment un bon pilote, et il saura bien regagner son avance en route ! »

En effet, ce chaland était là, sa cargaison remise en place. On ne voyait même personne sur le pont, et, sans doute, son personnel était, soit à terre, soit dans les cabines. Seul, un soldat valaque se promenait de long en large, le fusil à l'épaule.

C'était, d'après ordres reçus, le chef de la douane d'Orsova qui avait procédé à cette visite générale, et elle devait se continuer pendant quelques jours encore sur tous les chalands qui viendraient de l'amont. Mais, en ce qui concerne les bateaux arrêtés là depuis vingt-quatre heures, elle prit fin dans la soirée du 25. Aucune contrebande n'avait pu être découverte et le laissez-passer fut accordé à tous.

Quelques-uns démarrèrent donc dès le soir, et, en somme, ils ne courraient aucun danger pendant cette navigation nocturne. Les autres semblaient préférer attendre au lendemain, et parmi eux, celui qui s'était signalé à l'attention d'Ilia Krusch. Toutefois, pour une raison ou pour une autre, il avait démarré pendant la nuit, car, le lendemain, lorsque parut le petit jour, il n'était plus en vue d'Orsova.

Après quelques coups heureux de la ligne au fouet qui permit à Ilia Krusch de ferrer quelques gros poissons, entre autres des saumons d'assez belle taille, la barge fut lancée dans le courant.

Le lendemain, vers quatre heures du soir, elle fit relâche au quai de Giurgevo, et vingt-quatre heures plus tard, après avoir dépassé l'embouchure de la Tcherna qui vient des Karpates transylvaines, elle arrivait à l'entrée du fameux défilé des Portes de Fer.

C'est là un passage assez dangereux, qui fut fécond en catastrophes. Pendant près d'une lieue, entre des murailles hautes de quatre cents mètres, le fleuve s'écoule, ou plutôt se précipite, à travers un lit qui n'en mesure pas la moitié en largeur. Au pied de ces parois sont entassés d'énormes rocs tombés des crêtes, et contre lesquels les eaux se brisent avec une extraordinaire fureur. C'est à partir de ce point qu'elles prennent cette couleur jaune foncé qui permet d'appeler plus justement le beau Danube jaune, le grand fleuve de l'Europe centrale.

XIV

Nicopoli, Rouschtchouk, Silistrie

Le lendemain matin, tandis que M. Jaeger dormait encore, Ilia Krusch fit bonne pêche. Passer de nuit dans le défilé des Portes de Fer où le Danube est profond de cinquante mètres n'eût pas été prudent. L'atterrage y est difficile, et les bateaux sont exposés à voir rompre leurs amarres sous le coup des eaux furieuses. Aussi les bateaux, d'habitude, relâchent-ils au-dessus ou au-dessous, le long des berges, en toute sécurité. Ainsi, Ilia Krusch, après une heure et demie de traversée, avait-il regagné la partie évasée du fleuve et pris son poste un peu au-dessous de la petite ville moderne de Turnu-Severinu, qui, par suite de sa position, doit envisager un bel avenir commercial.

Lorsque M. Jaeger vint hors du tôt respirer l'air matinal, la barge était déjà en cours de navigation. Un peu plus des trois quarts du voyage se trouvait effectué à cette date du 27 juin, et il restait encore près de deux cents lieues pour que l'embouchure du Danube fût atteinte. En somme, dangers et fatigues avaient été épargnés à Ilia Krusch comme à son compagnon, et tout portait à penser qu'il en serait ainsi jusqu'au but.

« Rien de nouveau ? avait demandé M. Jaeger, dont le regard s'était tout d'abord promené en amont et en aval.

— Rien, monsieur Jaeger, mais le temps ne me paraît pas très sûr... Peut-être aurons-nous de l'orage, et après l'orage quelques heures de rafales...

— Bon ! répondit M. Jaeger, nous en serons quittes pour nous mettre à l'abri sous les berges. Et les chalands ?...

— Vous les voyez... une douzaine en file. Mais leur nombre diminuera à mesure que nous descendrons... La plupart ne vont guère plus loin que Silistrie ou Galatz, et il est rare qu'ils soient à destination des ports à l'embouchure du fleuve. »

Après les avoir observés avec son habituelle attention, M. Jaeger revint prendre place à l'arrière de la barge.

Pendant la semaine qui suivit, le voyage ne fut marqué par aucun incident. Ciel très variable. Parfois de véritables tourmentes à la surface du fleuve, dont la largeur s'accroissait entre des rives plates qui ne le protégeaient point contre les vents de l'ouest et de l'est, sa direction étant alors vers le sud. Mais la barge, bien conduite, ne fit aucune avarie.

Elle passa devant le fameux pont de Trajan ou plutôt les deux pans de maçonnerie qui en restent. Les deux compagnons ne perdirent point leur temps à discuter si ces ruines sont authentiques ou non. Ça, c'est l'affaire des érudits, qui d'ailleurs n'en savent pas plus long à ce sujet que le commun des mortels.

Après le pont de Trajan, Korbovo est un poste frontière, auquel aboutit une route que les ingénieurs voyers de l'endroit ont hardiment établie à travers les montagnes, puis Radouïevatz, dernière station de la rive serbe, à laquelle s'arrêtent les dampfschiffs. Enfin apparurent Filordine, jolie bourgade bulgare, et Calafat sur la rive gauche, où Ilia Krusch fit une bonne vente, bien que son arrivée n'eût point été signalée.

Du reste, à mesure qu'il s'éloignait des grandes cités de l'Autriche et de la Hongrie, sa célébrité suivait une marche décroissante. Il est probable que les trompettes de la Renommée, si puissantes cependant, ne portaient pas jusquelà. Il aurait fallu celles qui doivent retentir au jour du Jugement dernier ; mais Ilia Krusch n'en disposait point. Que cela pût être un sujet de regret pour lui, non assurément, et pourvu qu'il débitât à de bons prix sa marchandise, il n'en demandait pas davantage.

Du reste, s'il n'avait pas réussi à Calafat, il

n'aurait eu qu'à se transporter de l'autre côté du fleuve. Sur la rive droite se voit une autre ville turque, assez commerçante, Viddin, avec places, cafés, bazars, et il eût aisément écoulé les produits de sa pêche, à la condition de se démarcher un peu plus vivement que les Orientaux dont l'indolence, pour ne pas dire la torpeur, est caractéristique. M. Jaeger, qui s'y était fait conduire, tandis qu'Ilia Krusch s'occupait de son commerce à Calafat, eut grand peine à se procurer quelques vêtements de rechange, bien qu'il ne se refusât point à les payer fort cher.

Les rives du fleuve, depuis que ses eaux baignent à (Sattchi), une côte valaque à gauche, à droite une côte bulgare, présentent un aspect très différent. Un territoire ici infertile, largement étendu, là tout sillonné de ravins, de collines qui se rattachent au système orographique du nord. Important contraste également au point de vue de l'animation. Sur le sol de la Valachie, bourgades et villages ne sont point rares et se succèdent à l'abri des arbres, parfois baignés des eaux du Danube. Ilia Krusch put même observer que, de ce côté, la pêche à la ligne ne laissait pas d'être en honneur. Des hommes se livraient à ce noble exercice, des femmes aussi, qu'un large parapluie rouge, de forme mauresque, abritait contre les averses aussi bien que contre les rayons du soleil. Quant à être outillés comme il l'était, un membre de la Ligne danubienne, non assurément, et il fallait que le poisson y mît une extrême complaisance pour accepter les engins si rudimentaires de ces primitifs pêcheurs.

S'il eût parlé le turc ou s'ils eussent compris le hongrois, le brave homme leur eût volontiers donné quelques conseils, en y joignant des hameçons de choix. Mais, faute de pouvoir causer, il y dut renoncer.

Du reste, les eaux du fleuve, fort poissonneuses, sont fréquentées par des esturgeons de grande taille, de trois à cinq mètres, pesant jusqu'à mille et douze cents livres. L'esturgeon se consomme sous toutes les formes, frais ou salé, et ses œufs sont utilisés dans la confection du caviar.

En naviguant, M. Jaeger et Ilia Krusch rencontrèrent plusieurs de ces pêcheurs, et prirent un vif intérêt à les observer.

«Eh, eh! fit même remarquer M. Jaeger, si une de ces énormes bêtes se jetait sur notre barge, elle risquerait d'être démolie, et nous avec...

— Vous avez raison, répondit Ilia Krusch. Aussi est-il prudent de ne point s'aventurer au milieu du fleuve, où les esturgeons se tiennent de préférence. Le long des berges, les eaux sont peu profondes, et il n'y a point de danger. »

Et très prudemment, Ilia Krusch ne s'écarta

plus des rives que juste ce qu'il fallait pour profiter d'un courant plus rapide.

Lorsque la barge atteignit la bourgade de Racovo, qui est bulgare, le Danube avait encore gagné en largeur. C'était comme un véritable bras de mer, avec sa houle, et des lames blanches à leur crête. C'est à peine si le regard pouvait distinguer le profil de la côte valaque.

Aussi, de même que le faisait la barge, les chalands dérivaient-ils le plus près de terre possible. Avec leurs fonds plats, leurs formes lourdes, ils ne sont point faits pour le large, et pourraient être très mal pris au milieu des bourrasques. Ils n'étaient plus que cinq ou six, d'ailleurs, à poursuivre leur navigation en aval, et cela ne laissait pas d'étonner Ilia Krusch, qui ne cachait point sa surprise à M. Jaeger, qui lui demanda :

«Lorsque vous étiez pilote, monsieur Krusch, n'avez-vous jamais fait du pilotage jusqu'aux bouches?...

— Quelquefois, monsieur Jaeger, mais que de précautions à prendre !

— Et il ne vous est jamais arrivé malheur?

— Jamais, non, jamais, car je connais bien mon Danube !

— Et en est-il, de ces chalands, qui vont au-delà de Galatz?

— Oui... quelques-uns ! Au-delà des bouches, il y a de petites criques, où des voiliers ou des

258

vapeurs viennent prendre leur cargaison pour les différents ports de la mer Noire.

— Elles sont nombreuses, ces bouches du fleuve ? demanda M. Jaeger.

— On en compte deux principales que sépare l'île de Leti et la plus importante est celle de Kilia.

— Vous les connaissez toutes ?...

— Toutes, monsieur Jaeger, et il n'est guère de pilote du Danube qui ne les connaissent aussi...

— Alors, il est probable que ces bateaux qui font la même route que nous, sont à destination de la mer Noire ?...

— C'est possible, monsieur Jaeger, et, ma foi, je ne serais pas étonné que l'un d'eux — vous savez, celui qui est si bien gouverné — ne dérive jusqu'à l'une des embouchures.

— Vous le croyez ? insista M. Jaeger, qui semblait donner à cet entretien un sérieux tout particulier.

— Je le crois, et d'ailleurs, nous saurons à quoi nous en tenir. Il ne peut plus se servir de sa voile... Ce serait risquer de tomber en travers des lames, et, chargé comme il l'est, de chavirer... Je vous assure que son pilote ne commettra pas une pareille faute... Eh bien, le courant est pour tout le monde, et il ne l'entraînera pas plus vite que nous... Si donc il est à destination de la mer Noire, nous y arriverons ensemble. »

Et alors, M. Jaeger de poser cette dernière question :

« Quant aux visites de la douane, ou de la police, ce chaland n'en a sans doute plus à recevoir ?...

— Non, monsieur Jaeger. La surveillance n'est guère possible sur le bas cours comme elle l'est sur le haut cours du fleuve... Il devient de plus en plus large, et que voulez-vous que fassent des agents postés sur les rives ?...

— C'est ce que je pensais, monsieur Krusch, et puis ces bateaux ont déjà subi l'embargo à Orsova, et, du moment que la douane les a laissés passer, c'est qu'ils ne faisaient point la contrebande...

— Juste, monsieur Jaeger, et ce n'est pas encore sur un de ces chalands-là que Latzko se fera prendre...

— Comme vous dites, monsieur Krusch ! »

Le 4 juillet, la soirée était assez avancée lorsque la barge vint tourner son amarre au montant d'un petit embarcadère du quai de Nicopoli, située au confluent de l'Alula sur la rive droite du Danube. Cette cité, bâtie par Auguste, relie l'Orient à l'Italie. C'est là qu'aboutit actuellement le télégraphe transadriatique. Elle est le siège d'un archevêché grec et d'un évêché catholique.

L'obscurité était assez profonde déjà pour que M. Jaeger et son compagnon n'eussent rien pu voir de Nicopoli. Un touriste l'eût regretté, et, sans doute, aurait prolongé son séjour de quelques heures. La ville vaut la peine d'être visitée. Peuplée de douze mille habitants, elle est pittoresquement assise entre deux collines, dont l'une porte un donjon, l'autre une forteresse.

Aussi, Ilia Krusch demanda-t-il à M. Jaeger s'il lui conviendrait d'y passer la journée du lendemain. Ils n'étaient pas à vingt-quatre heures près.

M. Jaeger remercia Ilia Krusch de son offre. Il connaissait Nicopoli, qui n'avait plus de secrets pour lui, et le mieux serait de partir au lever du soleil, puisque le temps était favorable.

«Comme il vous plaira, monsieur Jaeger... Nous lèverons le grappin dès l'aube... Mais, par exemple, s'il vous plaît de rester une journée à Rouschtchouk...

— Oui, je préfère cela, monsieur Krusch, car je n'ai gardé qu'un souvenir très confus de la ville...

— C'est entendu.

— À quelle distance est-elle de Nicopoli?...

— À une vingtaine de lieues, et, après-demain, nous y arriverons dans la soirée.»

Dès que le jour parut, la barge prit le courant le long de la rive bulgare, et la flotte de pêche dérivait en même temps qu'elle.

Peut-être Ilia Krusch aurait-il pu craindre que l'ennui ne finît par gagner son compagnon de voyage. M. Jaeger n'avait pas, comme lui, l'attrait d'une entreprise, — si bizarre qu'elle parût être, — qu'il entendait conduire à bonne fin. D'autre part, il faut avoir l'âme si merveilleusement équilibrée d'un pêcheur à la ligne pour s'intéresser aux aléas, aux surprises, aux joies de ce noble métier, pendant de longs mois sur un parcours de près de sept cents lieues.

Eh bien, non! M. Jaeger ne s'ennuyait pas un instant. Il s'intéressait de plus en plus à ce qu'il voyait, surtout en ce qui concerne la navigation fluviale. Ilia Krusch se demandait même s'il ne préparait pas quelque travail sur ce sujet, où seraient traitées toutes les questions relatives à la batellerie dont l'importance s'accroît sans cesse, et n'était-ce pas, en somme, le but de son voyage?...

Et, comme Ilia Krusch le pressentait à cet égard :

« Il y a quelque chose comme cela, répondit-il en souriant.

— Alors, monsieur Jaeger, j'espère que vous tirerez profit de votre navigation...

— Je l'espère, monsieur Krusch, et j'aime à penser que je n'aurai pas perdu mon temps.

— Alors, il ne vous paraît pas trop long?

— Oh, monsieur Krusch, en votre compagnie... en votre compagnie!... »

Et le brave homme se sentit profondément touché de cette réponse. Certes, cette amitié qu'il ressentait pour M. Jaeger, il saurait la pousser jusqu'au dévouement, s'il se présentait jamais l'occasion de le faire !

Pendant ces deux journées que la barge mit à gagner Rouschtchouk, le fleuve n'offrait aux regards que des sites peu variés. Toujours des cabanes, des huttes, sur la rive valaque et sur la rive bulgare, et aussi les postes des gardes-frontière. Parfois un village, quelques maisons éparses que domine le grand levier du puits banal. Du côté bulgare, une longue falaise, où s'appuie un banc rocheux, qui se continue jusqu'à la ville qui a donné son nom à un *livah* de la principauté.

Ainsi que l'avait annoncé Ilia Krusch, tous deux arrivèrent devant Rouschtchouk dans la soirée du 7 juillet.

Le fleuve est très large en cet endroit. Sur la rive valaque, en face de Rouschtchouk, s'élève la ville de Giurgevo, au milieu d'une plaine aride. On y débarque parce que là prend naissance la route qui conduit à Bucarest, la capitale de la Valachie, à (...) lieues dans le nord du Danube. Toutefois, son activité commerciale n'est pas sans importance, activité qui se concentre dans le quartier où, tortueuses, étroites, sales, se croisent les rues sur lesquelles s'ouvrent des entrepôts pleins de marchandises et des cabarets pleins de pratiques.

Mais ce n'était point Giurgevo que désirait

visiter M. Jaeger, c'était Rouschtchouk, et, ainsi que cela avait été convenu, il allait y passer la journée du lendemain.

Donc, le matin, après avoir pris congé d'Ilia Krusch qu'il laissait à ses occupations habituelles, il mit le pied sur la rive bulgare. Mais au moment de s'éloigner, il se retourna et dit à son compagnon :

« J'y pense, vous accepterez bien de venir dîner avec moi ?...

— Volontiers, monsieur Jaeger.

— Bien... à cinq heures sur la grande place...

— À cinq heures. »

Rouschtchouk est une ville de trente mille habitants, sur la rive droite du fleuve. Elle appartient à la province de Silistrie et par suite à la Turquie d'Europe. C'est le siège d'un évêché grec. Elle est mal bâtie, mal entretenue, et c'est à peine si les charrettes traînées par des buffles peuvent circuler à travers ses rues étroites. La plupart des maisons sont construites en terre. On y trouve de nombreux cafés, des entrepôts de marchandises, des bazars où se vendent les étoffes, les lainages, des fruits, des pipes, du tabac, des drogues de toutes sortes. Elle est dominée par une forteresse, et çà et là se dressent les minarets pointus des synagogues et des mosquées. Le seul édifice digne d'attention est le palais du gouverneur.

Il est probable que le souvenir des lieux revint

vite à M. Jaeger, car il n'hésita pas sur le chemin qui conduisait au bureau de poste. Là, il trouva une lettre datée de Galatz, et dont il prit immédiatement connaissance.

« Décidément, se dit-il, il est temps d'arriver ! »

Il remit la lettre dans sa poche, se promena pendant une heure, et vint déjeuner dans l'hôtel où il devait dîner avec son invité.

Vers une heure, il reprit sa promenade à travers le quartier commerçant, où la foule des marchands, des pratiques, des chargeurs était fort animée. Plusieurs bâtiments de commerce, à voile ou à vapeur, amarrés ou le long du quai, procédaient à l'embarquement ou au débarquement des marchandises.

C'est là que M. Jaeger, vers trois heures, fut accosté par un homme, — un Bulgare, sans doute, à en juger d'après son costume et sa physionomie d'un type assez prononcé.

Tous deux se connaissaient et ne parurent pas surpris de se rencontrer dans cette ville, presque à l'extrémité de l'Europe orientale. Ils causèrent, et même M. Jaeger donna connaissance à cet homme de divers passages de la lettre qu'il avait reçue. Celui-ci sembla approuver, et quand ils se séparèrent, ce fut sur ces mots que répéta M. Jaeger :

« Oui !... il est temps d'arriver ! »

À cinq heures, Ilia Krusch, dont l'arrivée n'était point connue, se trouvait sur la place, et

M. Jaeger le conduisit à l'hôtel. Le menu du dîner comprenait le caviar, la choucroute, le poulet au paprika, le tout arrosé de vin de Hongrie. Ilia Krusch fit honneur à son hôte, et M. Jaeger, bien qu'un peu préoccupé peut-être, ne fut pas en reste avec lui.

À neuf heures, tous deux avaient regagné la barge, et le lendemain, ils descendaient avec une certaine rapidité le long de la côte bulgare.

Le pays se ressentait déjà du voisinage de la mer Noire. Si le Danube eût coulé directement vers l'est, il en eût rencontré le littoral à une quarantaine de lieues de Rouschtchouk. Mais, après avoir suivi le quarante-quatrième parallèle jusqu'à la hauteur de la bourgade de Tchernavoda, le fleuve se redresse brusquement vers le nord, en limitant la Moldavie. C'est à Galatz qu'il reprend la direction de l'est jusqu'à son embouchure.

La navigation ne laisse donc pas d'être parfois pénible, dangereuse même sur cette partie du fleuve, tout au moins pour les chalands. Cependant, de tous ceux qui avaient descendu depuis Vienne en même temps que la barge, on en comptait trois encore. Devaient-ils s'arrêter à Silistrie, le point le plus important avant la frontière moldave?... Dans tous les cas, ils suivaient la rive bulgare et d'aussi près que possible, afin d'y trouver prompt refuge en cas de mauvais temps.

L'état du ciel était peu rassurant. De grands nuages échevelés, traînant d'énormes lambeaux de brume à la surface du fleuve, chassaient de l'est, tout chargés de l'humidité de la mer voisine.

Ilia Krusch regardait le ciel d'un air assez inquiet. Non point qu'il eût des craintes pour sa frêle embarcation, il lui trouverait toujours un abri sous les berges. Mais la navigation pouvait être retardée, et qui sait s'il n'emploierait pas plus de temps à franchir ces derniers six cents kilomètres que les deux mille franchis depuis Sigmaringen!

Cependant, pendant cette journée du 9, il ne fut point contraint de relâcher, il ne le fit qu'à l'heure où le soleil disparaissait sous l'horizon de l'ouest.

La nuit s'écoula sans incidents. Le vent mollit pendant plusieurs heures alors que la pluie tombait à torrents. Il y eut lieu, à plusieurs reprises, de vider l'eau amassée dans la barge. Mais le vent reprit avec la même violence et, au lever du jour, il fut constant que les conditions atmosphériques ne subiraient aucune modification.

Ilia Krusch dut renoncer à pêcher ce matin-là, tant les eaux étaient troublées, et il n'aurait pu maintenir sa ligne en bonne position

Au moment où il levait le grappin, les trois chalands qui avaient relâché près de la rive étaient déjà en marche, en se dirigeant vers l'autre rive, où, sans doute, la navigation serait plus facile, le vent ayant un peu remonté vers le nord-est.

M. Jaeger, remarquant cette manœuvre, que son compagnon approuvait d'ailleurs, demanda si la barge ne pourrait pas traverser le fleuve, afin de suivre les trois bateaux.

« C'est ce qu'il y a de mieux à faire », répondit Ilia Krusch, et, une heure après, il rangeait la berge valaque.

La journée fut assez rude pour les mariniers comme pour le pêcheur. Vers cinq heures, cependant, ils arrivèrent en face de Silistrie, qui est cité bulgare. Chef-lieu d'un cyalet, qui comprend toute la Bulgarie orientale et les forteresses du bas Danube, c'est l'une des trois grandes places fortes de la Turquie. Sa citadelle, à l'extrémité ouest, est doublée d'un mur très élevé. La ville compte deux mille âmes. Elle fait le commerce des laines, des bois, des bestiaux avec la Valachie, qui lui fournit le sel et le chanvre. Rues étroites et tortueuses, maisons basses, aucun monument. Cela explique pourquoi M. Jaeger ne demanda pas à la visiter. Il aurait d'ailleurs fallu retraverser le fleuve, puisque, comme Rouschtchouk, elle est située sur la rive droite. Il se contenta de faire les cent pas sur la berge, passant et repassant devant les bateaux qui y avaient posté leurs amarres.

Le lendemain, le départ se fit à l'heure habituelle. Mais ce qu'il y eut lieu de remarquer, c'est que, des trois chalands, deux se dirigèrent vers Silistrie où ils devaient décharger leur cargaison, sans doute.

Seul, le dernier, celui dont le pilote avait donné des preuves manifestes de son habileté professionnelle, continua de descendre malgré les apparences de plus en plus mauvaises du temps.

La barge se remit en route, en longeant de beaucoup plus près la rive droite.

Le seul incident qu'il y eut à noter, c'est que, dans la matinée, une embarcation, qui s'était détachée d'un petit village de pêcheurs bulgares, vint accoster le chaland. Un des hommes qu'elle portait monta à bord, et elle s'en retourna aussitôt.

Dans l'après-midi, le temps devint si peu maniable, les bourrasques si violentes, la houle si forte, qu'Ilia Krusch ne crut pas devoir aller plus loin.

«Et que va faire ce chaland? demanda M. Jaeger.

— Très probablement ce que nous allons faire nous-mêmes, répondit M. Krusch. Je crois son pilote trop pratique pour continuer à naviguer dans ces conditions. Avec la houle qui augmente, il risquerait de recevoir un mauvais coup et de couler sur place.»

Ilia Krusch avait raison, et tandis que sa barge

se réfugiait au fond d'une petite anse à l'abri d'une pointe, le chaland se rapprocha de la rive pour y trouver un refuge jusqu'au moment où une accalmie lui permettrait de repartir.

Seulement, lorsque le chaland eut envoyé son ancre dehors, Ilia Krusch en parut surpris et dit à M. Jaeger :

« Le pilote aurait mieux fait de mouiller plus près de la rive... Il en est à vingt brasses au moins, et ce n'est pas très sûr... Si son ancre venait à manquer, ou s'il était pris par le travers... Il est vrai, il n'y a pas grand fond par ici, mais enfin, il ne doit pas tirer plus de trois à quatre pieds même à pleine charge, et il aurait bien pu s'approcher de manière à tenir ses amarres à terre. À quoi pense donc le pilote ?... »

Cependant le pilote ne changea point son mouillage. M. Jaeger put voir que l'homme amené le matin[1] par l'embarcation et les mariniers, postés sur l'(avant), observaient la situation avec soin. Mais, en fin de compte, le mouillage ne fut point modifié.

La nuit tomba vite, nuit obscure, nuit pluvieuse, nuit sans lune. Jusqu'à huit heures, M. Jaeger se promena sur la berge, bien que les rafales se déchaînassent avec une extraordinaire fureur. Mais la pluie redoubla bientôt, et il dut rejoindre son compagnon.

1. Jules Verne avait écrit « la veille ».

À huit heures et demie, tous deux étaient étendus sous le tôt, bien à l'abri. Ils n'y purent dormir, tant la tempête faisait rage, et vers deux heures du matin, ce n'est pas sans vive émotion qu'ils entendirent des cris de détresse, au milieu des sifflements de la tourmente.

XV

De Silistrie à Galatz

Vers huit heures du matin, après cette nuit terrible, le chaland, mouillé près de la rive droite, ramenait son ancre à bord et se remettait en dérive. À l'arrière, un homme, avec l'aide de deux mariniers, tenait en main la longue barre du gouvernail. À l'avant, trois autres, et parmi eux celui qui avait embarqué la veille, observaient l'état du fleuve.

La houle était moins forte, et le vent, halant l'ouest, tendait à tomber. Quelques éclaircies se dessinaient du côté de la mer, sillonnées parfois de vifs rayons de soleil. Le ciel, se nettoyant peu à peu, montrait de longues bandes d'azur à l'horizon.

De l'endroit où Ilia Krusch avait cherché abri la veille, le regard pouvait apercevoir la rive valaque et les montagnes qui la dominent à l'arrière-plan.

Seul, ce chaland descendait maintenant le cours du Danube. Avant le soir, il aurait atteint ce coude qui rejette le fleuve vers le nord, à peu près à l'angle où s'élève la bourgade de Tchernavoda qu'un petit chemin de fer met en communication avec le littoral au port de Kustendjé sur la mer Noire.

Et où était donc actuellement la barge ?... Est-ce que, pendant la nuit, elle avait été assaillie par quelque violent coup de houle et fracassée contre la rive ?... Est-ce qu'Ilia Krusch et M. Jaeger avaient péri presque au terme de leur voyage, et s'était-il donc terminé sur une catastrophe ?...

Dans tous les cas, si l'embarcation n'apparaissait plus le long de la rive bulgare, elle ne se voyait pas davantage le long de la rive valaque... Et si Ilia Krusch et son compagnon avaient pu échapper à la mort, c'est en vain qu'on les eût cherchés l'un ou l'autre sur la grève ou dans le village au pied duquel la barge s'était abritée jusqu'au jour.

Voici ce qui s'était passé, et comment, à sa grande surprise comme à son grand ennui, le lauréat de la Ligne danubienne se trouvait lancé dans une aventure dont le dénouement risquait d'être des plus dommageables pour lui.

Cette tempête qui troubla si profondément le fleuve, jusqu'à le rendre innavigable, avait duré toute la nuit. Ilia Krusch et M. Jaeger s'étaient abrités sous le tôt contre des averses torrentielles, après avoir doublé l'amarre qui retenait leur embarcation à la berge. Mais les secousses de la houle étaient tellement violentes qu'il ne leur fut guère possible de dormir.

Il était donc environ une heure du matin, lorsque retentirent des cris de détresse. Venaient-ils de la rive ou du chaland mouillé au-dessous de la barge ?

Tous deux, se dégageant du tôt, cherchèrent à voir ce qui se passait au milieu de cette profonde obscurité.

Ce n'était point du côté de la berge ni du village que ces cris se faisaient entendre. Ils venaient du chaland même. On distinguait un va-et-vient d'hommes, fanaux allumés, tantôt en abord, tantôt en avant, tantôt en arrière.

Et ces lambeaux de phrases arrivaient aux oreilles de M. Jaeger et d'Ilia Krusch :

« Par ici... par ici !...

— C'est là qu'il est tombé...

— À l'eau, le canot, à l'eau ! »

Et, au bruit, Ilia Krusch reconnut qu'on déhalait une embarcation en toute hâte.

« C'est un de leurs hommes, dit-il, qui aura été emporté par un coup de houle ! »

S'il en était ainsi, le patron ferait tout ce qui serait possible pour sauver ce malheureux. Et, en effet, au risque de chavirer, le canot courait déjà vers l'aval, car l'homme ne pouvait avoir été entraîné que dans le sens du courant.

Quant à Ilia Krusch, il ne pouvait rien pour

lui, et démarrer la barge, c'eût été l'exposer inutilement au milieu du tumulte des lames.

Tous deux attendirent. Les fanaux s'agitaient toujours sur le pont supérieur du chaland. Au bout d'une demi-heure, celui qui éclairait la marche du canot reparut. L'embarcation, à force d'avirons, revenait au chaland, et il ne semblait pas que la tentative de sauvetage eût réussi, car on entendit encore un des mariniers s'écrier :

« Il est perdu !... il est perdu ! »

Ce n'était que trop probable.

« Et comment aurait-on pu le sauver ? dit Ilia Krusch.

— Et le courant a dû rapidement l'entraîner au large, ajouta M. Jaeger.

— Oui, répondit Ilia Krusch, à partir de cette pointe, il porte vers la rive gauche. »

Du reste, il parut que c'était fini et bien fini, car le canot, après avoir non sans peine accosté, venait d'être rehissé à bord. Puis les fanaux s'éteignirent, et tout retomba, sinon dans le silence, du moins dans l'obscurité.

Ilia Krusch et son compagnon durent rentrer sous le tôt, et c'est en vain qu'ils y cherchèrent quelques heures de sommeil.

Du reste, à peine les premières lueurs de l'aube avaient-elles paru, la tourmente ayant sensiblement diminué, qu'Ilia Krusch s'entendit appeler du dehors.

Il sortit, suivi de M. Jaeger.

Une embarcation, montée par six hommes, était bord à bord avec la barge.

Un de ces hommes, qui semblait commander aux autres, était debout, — un homme d'une quarantaine d'années, traits durs, yeux vifs sous des sourcils qui se contractaient sans cesse, figure d'une énergie brutale, voix cassante, stature moyenne, larges épaules, annonçant une remarquable vigueur.

S'adressant à Ilia Krusch, il ne lui dit pas : «Êtes-vous Ilia Krusch», il lui dit :

«Vous êtes Ilia Krusch...

— Oui... répondit celui-ci, un peu interloqué et de la demande et du ton dont elle était faite.»

L'autre continua, procédant toujours par affirmation :

«Vous êtes le pêcheur primé à Sigmaringen.

— Oui.

— Vous êtes un ancien pilote du Danube.

— Oui... mais, à mon tour, je vous demanderai qui vous êtes?»

Pendant cet échange de paroles, M. Jaeger se tenait sur une extrême réserve, observant cet individu qu'il dévisageait avec un soin tout particulier.

«Je suis le patron du chaland mouillé au-dessous de vous... Il nous est arrivé un malheur cette nuit... notre pilote a été enlevé par un coup de houle... il est tombé dans le fleuve, et malgré tous nos efforts, nous n'avons pu le sauver. Puisque vous êtes pilote, je viens vous demander de le remplacer. »

Ilia Krusch s'attendait si peu à cette proposition qu'il ne sut que répondre tout d'abord. Enfin, après avoir regardé M. Jaeger, comme s'il voulait le consulter, il dit :

« Serait-ce seulement pour conduire votre chaland au premier port bulgare ou valaque, où il arriverait dans quelques heures ?...

— Non... je ne pourrais pas m'y procurer un pilote, et il m'en faut un, ajouta le patron dont la voix devenait de plus en plus impérieuse... Oui ! il m'en faut un à tout prix...

— Jusqu'à Galatz ou Ismaïl ?...

— Jusqu'à la mer Noire.

— Par quelle bouche ?...

— La bouche de Kilia. »

M. Jaeger, les bras croisés, attendait la réponse qu'allait faire son compagnon.

« Eh bien ?... reprit le patron.

— C'est impossible, déclara Ilia Krusch.

— J'ai dit à tout prix !... et je ne regarderai pas à une somme de deux ou trois cents florins...

— C'est impossible, répéta Ilia Krusch... j'ai commencé un voyage que je ne puis abandonner...

— Quatre cents florins, reprit le patron, et vous pouvez les gagner en une huitaine de jours...

— Je refuse, répliqua Ilia Krusch. J'ai un compagnon que je ne peux laisser seul dans ma barge...

— Votre compagnon embarquera avec vous sur le chaland, insista le patron, dont la voix tremblait de colère, et, quant à la barge, nous la prendrons à la traîne. Votre dernier mot?...

— Non! », répondit Ilia Krusch.

Et, en effet, il ne pouvait lui convenir de renoncer à ses projets, et d'achever la navigation du Danube sur ce chaland. S'il ne s'était agi que de le piloter pendant deux ou trois heures, il l'eût fait par obligeance. Mais huit à dix jours de navigation, jusqu'à l'embouchure du Danube... il l'avait dit : impossible. Et il lui paraissait bien que M. Jaeger ne pouvait que l'approuver.

Alors, ce ne fut pas long. Sur un signe de leur chef, ses hommes obligèrent Ilia Krusch et M. Jaeger à passer dans leur embarcation, puis ils démarrèrent la barge, ils la prirent à la remorque, et quelques minutes après, elle accostait le chaland sur le pont duquel elle fut aussitôt hissée.

En vain Ilia Krusch protesta-t-il. Ils étaient une quinzaine d'hommes contre deux. Toute résistance était impossible, et si Ilia Krusch eut refusé de faire office de pilote, on l'aurait envoyé à fond de cale et retenu jusqu'à ce qu'il eût consenti à faire office de pilote.

D'ailleurs, M. Jaeger, qui n'avait opposé

aucune résistance, semblait dire à son compagnon, au lieu de s'entêter :

« Mais faites donc ! »

Ilia Krusch dut alors monter sur le pont supérieur, et fut conduit à la barre près de laquelle se tenaient deux mariniers.

Le patron le rejoignit aussitôt, et dit :

« Vous auriez mieux fait d'accepter ma proposition qui était avantageuse... Cela m'a contraint à employer la force... Tant pis pour vous... Et maintenant, marchez droit !... et en bonne direction... et pas d'erreur de route !... Vous m'entendez, sinon... »

Le patron n'acheva pas sa phrase, que compléta un geste sur la signification duquel il n'y avait pas à se tromper.

Du reste, Ilia Krusch avait pris son parti, et il ne posa que cette question :

« Quel tirant d'eau ?

— Sept pieds », répondit le patron.

Un quart d'heure après, l'ancre était remontée à son bossoir, et, son nouveau pilote à la barre, le chaland suivait le courant du fleuve, très rapide alors.

Quant à M. Jaeger, personne ne s'occupait de lui. Il avait toute liberté d'aller et venir. Il demeura donc sur le pont, tantôt observant la rive bulgare dont le chaland ne s'éloignait guère, tantôt assis sur un espar, et s'abandonnant à ses réflexions. Il ne cherchait pas à causer avec son compagnon, bien que cela ne lui fût point interdit.

En effet, aux heures des repas, ils étaient servis ensemble à l'écart, et, la nuit venue, alors que le chaland se rangeait près de la berge, tous deux étaient relégués dans une cabine du logement de l'arrière, dont la porte se refermait sur eux.

Où étaient les journées si tranquilles, si heureuses, de cet original voyage, alors que la barge s'arrêtait au quai des villes, qu'Ilia Krusch s'abandonnait aux délices de la pêche à la ligne et vendait son poisson sur les lieux de halte!...

Ainsi s'écoulèrent les journées du 12, du 13, du 14, du 15, et aucun changement n'était survenu dans la situation. Le pilote malgré lui, debout à la barre, dirigeait le chaland, en homme qui connaissait parfaitement son métier. Il était évident que le patron, en l'enlevant dans les circonstances rapportées, savait à qui il avait affaire. Depuis bien des semaines déjà, ses hommes avaient remarqué cette barge qui descendait de conserve avec le chaland. Et comme la plupart des bateliers, ils savaient que c'était Ilia Krusch, dont la célébrité n'était pas pour eux un secret. En même temps que l'identité et l'innocence du fameux lauréat étaient établies au procès de Pest, on apprenait qu'il avait exercé la profession de pilote du Danube. C'est ce qui explique comment, dans l'embarras où il se trouvait après la perte du sien, le patron n'avait pas hésité, même par la violence, de s'assurer la personne d'Ilia Krusch.

Quant à ses procédés, libre de les apprécier comme ils le méritaient, et celui qui dispose malgré lui de la liberté de son semblable ne saurait être excusable, en aucun cas. Et, au fait, le patron de ce chaland semblait bien être de ces gens qui ne cherchent jamais d'excuses à leur façon d'agir.

Il convient de dire ici que, sans s'en être ouvert à son compagnon, M. Jaeger éprouvait certains soupçons sur ce bateau. Au courant de la grosse affaire de la contrebande — et, en Autriche, en Hongrie, dans les provinces turques, qui n'en avait entendu parler ? — cette conviction s'était ancrée dans son esprit, c'est que ce chaland faisait la contrebande. Que Latzko fût à son bord, — et peut-être (était-ce) cet homme qui s'y était embarqué quelques jours avant, — cela ne lui paraissait pas impossible... Oui ! ce Latzko que la commission internationale faisait poursuivre, et dont Karl Dragoch n'était pas encore parvenu à s'emparer !...

Quoi qu'il en soit, M. Jaeger résolut de se tenir sur une grande réserve, même avec Ilia Krusch. Si une circonstance se présentait qui nécessitât de le prévenir, il le préviendrait... En attendant, durant ces journées de navigation, il observerait tout ce qui se passerait à bord, sans

281

rien faire qui pût le faire soupçonner, et, le cas échéant, peut-être se déciderait-il à agir.

Or, précisément, si, dans sa bonhomie naturelle, Ilia Krusch ne poussait pas ses soupçons si loin, il était néanmoins un détail qui avait frappé son esprit.

Et, pendant la relâche du 15 juillet, dans une conversation qu'il eut avec M. Jaeger, en prenant bien soin de ne point être entendu, il dit :

« Avez-vous remarqué, monsieur Jaeger, quel genre de cargaison porte ce chaland ?...

— Sans doute, des bois, des planches, des madriers...

— Je le sais, monsieur Jaeger, mais ce que je sais aussi, c'est que ce n'est pas là une lourde charge...

— Assurément, et où voulez-vous en venir ?...

— À ceci, c'est que je ne comprends pas comment dans ces conditions, ce chaland a un tirant d'eau aussi fort... »

M. Jaeger regarda son compagnon sans répondre, et celui-ci ajouta :

« Lorsque j'ai demandé au patron de combien calait le chaland, il m'a répondu : "De six à sept pieds"... Eh bien, voilà ce qui me paraît inexplicable...

— Inexplicable, en effet.

— Il serait chargé de pierres, de gueuses de minerai qu'il ne tirerait pas davantage...

— Après tout, que vous importe, monsieur

Krusch, répondit M. Jaeger, après un instant de réflexion. Que veut-on de vous ? Que vous conduisiez ce chaland à destination... Eh bien, conduisez-le, et une fois au but, touchez le prix de votre pilotage.

— Cela jamais ! monsieur Jaeger, s'écria Ilia Krusch. Ce que je fais, je le fais malgré moi ! Une fois arrivé, je finirai bien par savoir qui il est, ce patron... et je le poursuivrai... et je me ferai rendre justice !

— Comme il vous plaira, monsieur Krusch ! »

Et, assurément, il le ferait comme il le disait ! On a beau avoir du sang de pêcheur à la ligne dans les veines, un homme digne de ce nom n'accepte pas d'être traité comme il venait de l'être !

Il y eut aussi une autre observation que crut devoir faire Ilia Krusch : ce fut à propos du marché passé entre M. Jaeger et lui.

« Vous le voyez, dit-il, je ne puis pêcher comme je le faisais depuis notre départ... Donc plus de vente de poisson, et plus de bénéfice. Or, dans ces conditions, vos cinq cents florins sont fort aventurés, je ne les garderai point, et je vous les rendrai quand ce maudit voyage aura pris fin...

— Décidément, monsieur Krusch, répondit M. Jaeger en souriant, vous êtes bien le plus honnête homme du monde !... Mais ne vous inquiétez pas, et qui sait si tout cela ne finira pas mieux que vous ne le supposez ! »

Et M. Jaeger serra la main de M. Krusch avec une cordialité dont celui-ci se sentit particulièrement ému.

À noter aussi que depuis son enlèvement, Ilia Krusch n'eut jamais l'occasion d'entrer en communication avec qui que ce soit. Les navires sur le bas cours, voiliers ou dampfschiffs, étaient rares. D'ailleurs, le patron intervenait pour s'écarter de leur route, et ils ne se croisaient qu'à bonne distance — ce qui les empêchait de « se raisonner », comme on dit en argot maritime.

Quant aux villes et villages, même précaution était prise, et le chaland ne s'arrêtait jamais à leurs quais. C'était toujours à quelques centaines de toises au-dessous qu'il cherchait son mouillage. Jamais non plus d'amarrage à une berge, ou de relâche à l'embouchure des affluents, tels la Jalomitza, le Bouzeb et autres. De là, non seulement impossibilité de communiquer, mais impossibilité de se sauver pendant la nuit. Lorsque, dans l'après-midi du 16, le chaland arriva à la hauteur de Braïla, ville de la rive gauche, où la largeur du fleuve est considérable, il en passa à une telle distance qu'on ne pouvait distinguer les maisons dominées par les hautes montagnes de l'ouest.

Et, à ce propos, le soir venu, lorsque le chaland eut pris son mouillage, avant qu'on leur eût enjoint de réintégrer leur cabine, Ilia Krusch de dire, non sans un gros soupir :

«Voyez-vous, monsieur Jaeger, j'aurais pourtant fait de bonnes affaires à Braïla... J'ai toujours vu le poisson s'y bien vendre... Mais sur ce bateau qui a l'air de redouter les villes bulgares ou valaques comme si la peste y était, il n'y a rien à faire !

— De la philosophie, monsieur Krusch, se contenta de lui répondre son compagnon, et qui ne serait philosophe si ce n'est un pêcheur à la ligne ? »

Il est à noter qu'aucun rapport ne s'était établi entre les anciens passagers de la barge et l'équipage du chaland. Aucun marinier ne leur adressait la parole, et on les tenait toujours à l'écart. Ces hommes, d'ailleurs, n'étaient point de très engageante mine, des gens vigoureux, mais évidemment de nature plutôt grossière ; pour la plupart, semblait-il, d'origine hongroise ou valaque, comme leur patron. Seul celui-ci questionnait Ilia Krusch à propos du pilotage, ou lui donnait ses ordres lorsque arrivait l'heure de la halte. En dehors de ces occasions, ni bonjour ni bonsoir, comme on dit.

Quant à M. Jaeger, on paraissait n'y faire aucune attention, et, de son côté, il se tenait en dehors le plus possible. Lorsque parfois les regards du patron se fixaient sur lui, il détournait les yeux, et affectait une complète indifférence.

En somme, aucun incident de navigation. À la tempête, qui avait été si furieuse pendant la nuit du 11 au 12, avait succédé un temps moyen avec vent plutôt faible. En cette moitié du mois de juillet, la température était déjà élevée, le soleil insoutenable, lorsque les nuages n'en tempéraient pas l'ardeur. Il est vrai, la brise de mer se faisait généralement sentir dans l'après-midi, et ne tombait qu'avec le soir. Mais les nuits étaient chaudes, et il arrivait le plus souvent que les mariniers s'étendaient sur le pont pour y jouir d'un meilleur sommeil.

Cette satisfaction, elle était refusée à Ilia Krusch comme à son compagnon, et après le mouillage du soir, ils devaient rentrer dans le logement de l'arrière.

Dans l'après-midi du 17 juillet, le chaland eut connaissance de Galatz, une ville roumaine, située à sept ou huit lieues au-dessous de Braïla, à l'angle droit que fait le Danube pour reprendre sa dernière direction vers l'ouest. Elle n'a pas moins de quatre-vingt mille habitants. C'est le siège de la Compagnie européenne de navigation aux embouchures du Danube. Port franc où se jette le Pruth, elle exporte blé, maïs, seigle, orge, avoine, lin, peaux, suifs. Son commerce va de cinquante à soixante millions de francs chaque année. Les Grecs y sont nombreux. Le service avec Constantinople y est assuré par la Lloyd. Elle se compose de deux villes, la vieille, pavée de bois, avec rues tortueuses ; la moderne, étagée sur les hauteurs qui dominent le fleuve.

Le chaland ne s'arrêta point devant Galatz. Il en passa à la distance d'un bon quart de lieue, et prit son mouillage sur la rive droite, à l'opposé.

Nuit sans incident. Mais le matin, lorsque Ilia Krusch quitta la cabine pour venir prendre son poste à la barre, M. Jaeger en était déjà sorti, alors que son compagnon dormait encore. Ilia Krusch pensait donc le trouver sur le pont, et, ne l'apercevant pas, il l'appela...

M. Jaeger n'était plus à bord du chaland, et, pendant la nuit, il avait disparu sans que personne ne se fût aperçu de sa disparition.

XVI

De Galatz à la mer Noire

M. Jaeger avait-il été victime d'un accident, ou s'était-il volontairement enfui, personne n'aurait pu le dire. Et encore aurait-il fallu expliquer comment, enfermé dans la cabine, il avait pu la quitter pendant la nuit, bien que deux ou trois hommes fussent de garde jusqu'au jour.

Le patron ne dissimula pas ses sentiments au sujet de cette disparition. Il fit venir Ilia Krusch, il l'interrogea brutalement, il n'en put rien obtenir. Ilia Krusch n'avait point entendu M. Jaeger se lever, il ne l'avait point vu sortir de la cabine. Il était tout aussi surpris que le patron, et non moins inquiet, mais à un autre point de vue sans doute. Pour lui, M. Jaeger avait dû tomber dans le fleuve et s'être noyé, bien que le chaland ne fût qu'à une demi-encablure de la berge. Quant à une fuite volontaire, pourquoi l'eût-il fait, et surtout sans prévenir Ilia Krusch qui, probablement, n'eût pas mieux demandé que de le suivre.

On chercha dans tous les coins du chaland... M. Jaeger fut introuvable.

Le patron revint alors à Ilia Krusch.

«Qui était ce Jaeger?», demanda-t-il d'une voix tremblante de colère.

Ilia Krusch, assez embarrassé, ne put que répondre :

«M. Jaeger était mon compagnon de voyage depuis Ulm... C'est là qu'il a pris place dans ma barge pour descendre le Danube jusqu'à son embouchure, après m'avoir acheté toute ma pêche au prix de cinq cents florins... Je n'en sais pas davantage sur son compte...

— Et il ne vous a jamais quitté?...

— Si, à Vienne, et après une absence de trente et un jours, il m'a rejoint à Belgrade.

— Et sa nationalité?...

— Assurément, il est Hongrois, comme je le suis moi-même.»

Et c'est tout ce que le patron put tirer de son pilote, qui reprit poste à la barre.

Le chaland, son ancre ramenée à bord, se remit en marche, et comme le vent avait halé le nord-ouest, on établit la voile, ce qui ajouta deux ou trois nœuds à la vitesse du courant. Comme la distance qui sépare Galatz de la mer Noire n'est que de cent trente kilomètres environ, il ne devait pas employer plus de trois jours pour atteindre la bouche de Kilia.

Tout en remplissant ses fonctions de pilote,

quelles affligeantes pensées assaillaient le pauvre Krusch ! Non ! il ne pouvait admettre que la disparition de son compagnon eût été volontaire !... Si M. Jaeger avait formé le projet de s'enfuir coûte que coûte, est-ce qu'il se serait caché de lui ?... Et d'ailleurs, pourquoi l'aurait-il fait ?... Non, hélas ! il avait été victime d'un accident... Pour une raison ou pour une autre, peut-être la chaleur atroce qui régnait dans la cabine l'indisposant, était-il parvenu à en ouvrir la porte, et, au milieu de ces ténèbres, le pied lui aura manqué, et il sera tombé dans le fleuve... Et il a fallu qu'il ait été entraîné bien rapidement pour que ses cris n'aient pas été entendus ! et il n'a pas pu atteindre la berge !...

Moins de deux jours après, sans que la situation n'eût aucunement changé, le chaland, dans l'après-midi du 20 juillet, passait en vue d'Ismaïl

Ismaïl est un port de la Bessarabie moldave, sur la rive gauche du fleuve. D'une certaine importance, puisqu'il compte quarante-deux mille âmes. Port marchand, alimenté par les divers produits de la Moldavie ; comme il est sous la domination russe, c'est presque un port militaire, et tout au moins il sert de relâche à une partie de la flottille du Danube. C'est en aval que le fleuve se ramifie en bras multiples.

Lorsque le chaland arriva à la hauteur d'Ismaïl, Ilia Krusch eut ordre de ranger la rive droite le plus près possible. Sans doute, le patron ne tenait aucunement à recevoir la visite de la douane, ce qu'il évita en dérivant à bonne distance de la ville. Puis, conformément à ce qui se faisait chaque soir, il alla prendre son mouillage à une lieue en aval.

Pendant la nuit, Ilia Krusch n'aurait pu sortir de sa cabine pour respirer au-dehors. Depuis la disparition de M. Jaeger, il se sentait gardé plus sévèrement. Comme on avait besoin de ses services, on ne le laisserait pas s'échapper... Aussi, dans ces conditions, son seul désir était-il d'être arrivé à destination et de débarquer immédiatement.

Or, un incident se produisit, qui allait mettre Ilia Krusch au courant de la situation.

Vers une heure du matin, ne dormant pas, il entendit causer près de la porte du logement de l'arrière. C'étaient deux mariniers, probablement préposés à sa garde, et voici ce qu'il surprit de leur entretien.

Or, ces hommes parlaient de la prochaine arrivée du chaland à la mer Noire, et l'un dit :

« Le steamer sera là à nous attendre...

— Assurément, dit l'autre... il a été prévenu à temps et il ne viendra jamais à la douane l'idée de le chercher devant la bouche de Kilia...

— Bon, reprit le premier, en deux heures nous aurons déchargé nos marchandises. »

Ainsi, un steamer attendait le chaland à l'embouchure du fleuve... Et en deux heures, il aurait embarqué ses marchandises ? Il ne s'agissait donc pas de cette cargaison de bois, de madriers, de planches qui encombrait le pont et la cale et dont le transbordement eût exigé plus de deux jours.

Et alors un nom frappa l'oreille d'Ilia Krusch... un nom prononcé par l'un de ces hommes, le nom du patron de ce chaland... et ce nom, c'était celui de Latzko !...

Quelle révélation dans l'esprit d'Ilia Krusch ! Le patron de ce chaland, c'était le chef des fraudeurs !... et la contrebande devait être cachée dans un double fond !... Oui ! nul doute, un double fond dont on ne pouvait soupçonner l'existence !... Et c'était pour cette raison que le chaland tirait plus d'eau que n'en tirent ordinairement les bateaux de même tonnage et de même gabarit !...

Ilia Krusch s'était rejeté sur son cadre. Mais, il n'aurait pu dormir. Il réfléchissait. C'est lui qui conduisait ce chaland à la bouche de Kilia où l'attendraient les complices de ce Latzko ! Que devait-il faire, lui, l'honnête ex-pilote du Danube, et que pouvait-il faire ?... N'était-il pas à la merci de ces hommes, qui, s'il leur refusait ses services, sauraient bien l'y contraindre, fût-ce le pistolet sur la gorge !...

Ilia Krusch ne voulut pas prendre de résolution... Il s'inspirerait des circonstances, et, lorsque le jour revint, sans laisser voir ce qui se passait en lui, sans même jeter un regard plus curieux sur cet audacieux chef de cette association de malfaiteurs, il reprit sa place au gouvernail.

Il n'y eut rien de nouveau pendant cette journée, et, la voile aidant, le parcours se chiffra par une douzaine de lieues.

Les embouchures du Danube sont multiples, et son delta est couvert d'une sorte de réseau hydrographique. Les deux principales sont séparées par la grande île de Leti, un triangle dont le sommet est à la bifurcation des deux bouches. Celle qui limite l'île au sud est la plus importante, et, de préférence, les bâtiments la suivent pour atteindre la mer Noire.

La bouche qui limite l'île au nord, moins fréquentée, prend le nom de Kilia, qui est celui d'une petite ville forte bâtie sur sa rive gauche.

C'est ce bras que le chaland devait prendre pour arriver à destination, et, dans la matinée du lendemain, servi par un courant assez rapide, il en longeait la rive droite, de manière à passer loin de Kilia.

Ilia Krusch comprenait maintenant pourquoi le patron passait toujours à l'écart des villes riveraines. Quant à lui, il n'avait encore pris aucune résolution, il observait, avec autant d'attention qu'il était observé à bord. Deux mariniers étaient toujours près de lui pour l'aider dans la manœuvre de la barre. Le chaland ne se laissait plus seulement aller à la dérive, et, la voile haute, il profitait de la brise de l'ouest. Avant cinq heures, il aurait, ce jour-là, atteint l'embouchure du fleuve.

Latzko, incapable de maîtriser son impatience, inquiet de cette disparition de M. Jaeger, allait et venait sur le pont ; puis, debout à l'avant, il fouillait l'horizon du regard.

Enfin, un des mariniers, posté près du mât de pavillon, cria :

« La mer Noire ! »

En effet, par l'évasement de la bouche de Kilia, on pouvait voir un horizon formé par la ligne de ciel et d'eau.

Ilia Krusch l'avait déjà aperçue. Dans une heure, il serait au terme de son voyage, et non pas, hélas ! dans les conditions où il avait espéré le finir !

Mais ce qu'il vit aussi, ce fut un bâtiment sous vapeur, qui croisait au large, et se trouvait alors du côté de l'île Leti.

Et ce n'était point un navire de guerre, battant pavillon turc ou russe, mais un bâtiment de commerce, dont rien ne décelait la nationalité.

« C'est ce coquin de contrebandier, qu'ils attendent et qui les attend », se dit Ilia Krusch.

Il ne se trompait pas. Des signaux furent faits par ce steamer, qui hissa une flamme à son mât de misaine. Le chaland y répondit en abaissant trois fois son pavillon.

Aussitôt le vapeur modifia sa direction et fit route de manière à se rapprocher.

« Allons, murmura Ilia Krusch, il est temps de faire son devoir ! »

Et, il mit un peu la barre à bâbord de manière à gagner obliquement vers le nord-est.

Ni Latzko ni ses compagnons n'auraient pu rien trouver de suspect à cette manœuvre, et, d'ailleurs, ils ne pouvaient que s'en rapporter au pilote qui les avait si habilement dirigés depuis dix jours.

D'ailleurs, le steamer s'avançait vers la passe de Kilia, et avant une demi-heure, ils seraient bord à bord avec le chaland à l'abri de l'île Leti, dans des eaux calmes, où se ferait le transbordement des marchandises.

Soudain, un formidable raclement se fit entendre. Le chaland en fut ébranlé jusque dans ses fonds. Son mât s'était brisé au ras de l'emplanture, et la voile s'abattit en grand, recouvrant de ses larges plis les mariniers qui se tenaient à l'avant.

Le chaland venait de s'engraver sur un banc sablonneux qui coupait cette partie de la bouche de Kilia, et que connaissait bien Ilia Krusch.

Quels jurons éclatèrent, et avec quelle violence Latzko se précipita vers lui !...

En réalité, cet homme, si simple, si courageux, ne s'était pas mépris sur le sort qui l'attendait : il avait fait le sacrifice de sa vie.

Latzko ne lui demanda pas d'explications, mais, d'un formidable coup, il l'étendit sur le pont.

Il fallait aller au plus pressé : tout n'était pas perdu. Le chaland n'avait fait que s'engraver sur un banc de sable. Ses fonds ne s'étaient point ouverts, il ne faisait pas d'eau, et quand le steamer l'aurait rejoint, la cargaison de contrebande pourrait être retirée intacte et chargée à son bord.

Mais quel fut le désappointement de Latzko et de ses hommes ! Au lieu d'aller à eux pour les tirer de ce mauvais pas, le steamer venait de virer de bord, et gagnait le large à toute vapeur.

Un quart d'heure après, le chaland était envahi par l'équipage d'un aviso de douane que le steamer avait aperçu au moment où il dépassait la pointe de l'île de Leti. Comprenant que la partie était perdue, n'ayant pas même la possibilité de recueillir Latzko et son personnel, il avait fui dans la direction de l'est.

Un de ceux qui étaient à bord de l'aviso, devançant les autres, se précipita sur le pont du chaland, et, tandis que les matelots, au nombre d'une trentaine, s'emparaient de Latzko et de ses compagnons, malgré la vive résistance qu'ils opposèrent, il courait vers l'arrière où Ilia Krusch gisait sans connaissance. Et alors, il le souleva, il dégagea sa tête, il le fit revenir à lui, et lorsque le pilote ouvrit les yeux :

« Ah ! monsieur Jaeger, s'écria-t-il.

— Non pas Jaeger, mon brave Krusch, mais Karl Dragoch, le chef de police de la commission internationale ! »

Et c'était lui, en effet. Pour dépister les fraudeurs, et mieux surveiller le fleuve sans exciter les soupçons, il avait eu l'idée d'accompagner Ilia Krusch pendant le cours de sa navigation, et on devine pourquoi il prêtait tant d'attention à tous les bateaux qui descendaient le fleuve. Lorsqu'il allait à terre, des agents ou des lettres le tenaient au courant de ce qui se passait. C'est ainsi qu'il avait été prévenu à Vienne que la bande de Latzko s'occupait d'une expédition à l'entrée des Petites Karpates, et il avait été diriger l'escouade dans cette affaire qui ne tourna pas à son avantage. Puis M. Jaeger, ou plutôt Karl Dragoch, avait rejoint Ilia Krusch pour continuer le voyage. On sait dans quelles conditions ses soupçons se portèrent sur le chaland, soupçons confirmés par les observations d'Ilia Krusch. Et alors, dans la nuit du 17 au 18 juillet, il n'avait pas hésité à se sauver, même sans avertir son compagnon. Ayant pu quitter la cabine, dont la serrure en mauvais état avait cédé, il s'était glissé à l'arrière du chaland et, au risque de se noyer, s'était affalé dans le fleuve. Son audace avait réussi, il avait pu gagner la berge. Reçu dans une des maisons d'un petit village, il fit sécher ses vêtements, et en partit avant l'aube ; puis, le fleuve traversé, en douze heures, il atteignit Kilia. Là, s'étant fait connaître, on mit à sa disposition l'aviso de la douane, qui, par bonne chance, se trouvait dans le port. Mais si le chaland ne s'était pas engravé sur le banc à l'entrée de la passe, peut-être Karl Dragoch fût-il arrivé trop tard pour capturer sa marchandise, et sans doute Latzko et les siens, recueillis par le steamer, eussent échappé à la condamnation qui les attendait.

Et alors, Karl Dragoch de raconter à Ilia Krusch tout ce qui s'était passé, en ajoutant :

« Dans tous les cas, que le chaland se soit échoué si à propos, c'est une fameuse chance...

— À laquelle nous avons aidé de notre mieux ! », répondit modestement Ilia Krusch.

Et M. Jaeger-Dragoch, l'embrassant sur les deux joues, de s'écrier :

« Ah ! le brave homme ! le brave homme ! »

Le dénouement de cette histoire se devine : condamnation au bagne de Latzko et de ses complices, confiscation des marchandises, qui furent retirées du double fond du chaland, grand succès pour Karl Dragoch, auquel la commission internationale ne marchanda ni ses faveurs ni ses éloges, enfin prime de deux mille florins, touchée par Ilia Krusch, qui, jointe à celles du lauréat de la Ligne danubienne, constituèrent une jolie somme, sans parler de l'éclat dont son nom fut plus que jamais entouré.

D'ailleurs, il ne changea rien à son existence aussi heureuse que modeste. Il continua de vivre dans sa maison de Racz, où son ami Karl Dragoch vient lui rendre visite. Honoré de l'estime de ses concitoyens, il emploie ses loisirs à pêcher dans les eaux de la Theiss.

Et après ce récit, qui oserait plaisanter cet homme sage, prudent, philosophe qu'est en tout temps et en tout pays le pêcheur à la ligne ?

Composition et impression Bussière
à Saint-Amand (Cher), le 3 juin 2005.
Dépôt légal : juin 2005.
Premier dépôt légal dans la collection : mai 2002.
Numéro d'imprimeur : 052298/1.
ISBN 2-07-041889-8./Imprimé en France.